新潮文庫

凍

沢木耕太郎著

新潮社版

8550

凍▲目次

口絵地図製作　綜合精図研究所

凍

第一章　ギャチュンカン

1

ギャチュンカンという山は知っていた。地図上では、世界最高峰のエヴェレストと第六位の高さを持つチョー・オユーとのあいだに位置している。しかし、山野井泰史《やまのいやすし》はそれまでギャチュンカンを意識して見たことはなかった。チョー・オユーの南西壁を、新しいルートからたったひとりで登ったときも、エヴェレストの手前にその頂《いただき》が見えていたはずだが、まったく記憶になかった。

山野井がギャチュンカンに関心を抱かなかったのも、ある意味で無理はなかった。ギャチュンカンは、山野井だけでなく、世界のクライマーにとってもさほど関心のある山ではなかったのだ。少なくとも、登る対象になりにくい山だった。

理由は二つある。

ひとつは、ネパールとチベットの国境にあるヒマラヤの高峰群の中でも、とりわけ未踏の谷の奥深くにある山だったということがある。山の取り付きにたどり着くためには、かなりの距離のキャラバンをしなくてはならない。

　ギャチュンカンが谷の奥深くにあるということは、その名が示してもいる。チベット語で「ギャ」は「百」、「チュン」は「谷」、「カン」は「雪山」を表す。つまり、ギャチュンカンは「百の谷が集まるところにある雪山」という意味になるらしいのだ。ギャチュンカンの中国名は、音をそのまま漢字にしたものと思われる「格仲康峰」だが、チベット語の意味を踏まえて「百谷雪山」、あるいは「百谷雪嶺」と表現されることもある。しかも、その「百谷雪嶺」の壁は急峻《きゅうしゅん》で、他の山のように比較的簡単に登れるノーマル・ルートを見出《みいだ》しにくい。

　ギャチュンカンがこれまであまり登られなかったもうひとつの理由は、その高さである。世界には八千メートルを超える山が、八八四八メートルのエヴェレストから八〇一三メートルのシシャパンマまで十四座ある。それらはすべて広義のヒマラヤに位置しており、世界のクライマーたちは、このヒマラヤの八千メートル峰十四座をめぐってさまざまなかたちの先陣争いを繰り広げてきた。しかし、ギャチュンカンの高さは七九五二メートルと、八千メートルにわずか四十八メートル足りない十五番目の山なのだ。逆に言えば、難しさはほとんど八千メートルの山を登るのと同じか、それ以上なのに、登頂しても八千メートル峰を登ったという「勲章」を得ることができない。とりわけ、八千メートル峰の十四座をすべて登るなどという目標を掲げているクライマーにとっては、まったく意味のない山だった。

　山野井には、八千メートル峰の十四座を完登するとか、七大陸の最高峰をすべて登頂するといった「ピーク・ハンティング」の趣味はない。その山野井にもギャチュンカンが視野に入ってこなかったのは、やはりその近くにエヴェレストやチョー・オユーといった巨峰があり、まずそちらに眼を奪われていたからということになる。


　そのギャチュンカンにどうして登ろうと思いはじめたのか。

　一九九六年、三十一歳になった山野井は、八四六三メートルのマカルー西壁にたったひとりで挑戦し、敗退していた。マカルーの西壁は、八五一一メートルのローツェ南壁、八千メートル峰ではないが七七一〇メートルのジャヌー北壁と並ぶ、ヒマラヤで最も難しい壁のひとつだった。それをひとりで、いわゆる「ソロ」で挑んだのだ。失敗は少しも恥ずべきことではない。しかし、その二年前に、チョー・オユーの南西壁を、まったく新しいルートで、しかもソロで頂を極めて以来、山野井にとってマカルーの西壁は次にどうしても挑戦せざるをえない壁だった。そして、その壁に跳ね返されたとき、これまで明瞭《めいりょう》だった歩むべき道が、不意に曖昧《あいまい》なものになってきてしまったのだ。

マカルー以後も、ヒマラヤに挑戦しつづけてはいた。その結果、いくつかの山の頂に登ることに成功し、いくつかには失敗していた。しかし、たとえ成功しても失敗しても、すっきりと心が晴れることはなかった。

それが、ヴォイテク・クルティカとの三年に及ぶ登山に向かわせた理由だったかもしれない。

ポーランドの誇る世界的なクライマーで、ブロード・ピークの縦走やガッシャブルムⅣ峰西壁といった歴史に残る登山で知られるクルティカとは、彼が一九九八年に日本を訪れたときに知り合った。山岳雑誌で「自由への挑戦」と題される対談をしたのだ。以前から山野井がクルティカの商業主義を排したストイックなクライミング・スタイルに敬意を抱いており、またクルティカも山野井が登る山に注目していたということもあって、その対談は深みのあるスリリングな内容になった。それには、クライマー同士なら、登山の履歴を記した数行を読めばすぐに互いがわかり合える、ということが大きかったかもしれない。彼が登山に何を求め、いま何を目指しているのか、瞬時に読み取ることができる。だから、対談の中で、クルティカが「ヤマノイ、あなたの登攀《とうはん》歴を見ていると、わたしの登り方と似ていてうれしくなります」と語ったのも、必ずしも外交辞令ではなかったのだ。

しばらくして、そのクルティカから山野井の家に直接電話が掛かってきた。来年、一緒にヒマラヤを登らないか、という誘いだった。

それから三年、続けてクルティカと一緒にヒマラヤに行った。しかし、どの年も天候が悪く、目的の山に登れなかった。

一年目は、クルティカが長年登ることを暖めていたネパール側のネームレス・ピーク、無名峰だったが悪天候に阻《はば》まれた。

二年目は、世界第二位の高峰K2の東壁に登ろうとしたが、やはり悪天候のため果たせなかった。山野井はクルティカと別れたあと、同じK2の南南東稜《りょう》に挑戦して単独での初登を果たす。それは、比較的登りやすいノーマル・ルートとは違う、バリエーション・ルートと呼ばれる難度の高いルートからのクライミングだったが、山野井にとってはあくまでも東壁の代役にすぎなかった。

三年目は、七千メートル級ながら難峰中の難峰とされるラトックⅠ峰の北壁に挑もうとしたが、これも天気が回復せず、ほとんど登らないまま挑戦を断念せざるをえなかった。もしかしたら今度こそ素晴らしいクライミングができるかもしれないと期待していただけに、落胆も大きかった。

ラトックI峰の北壁を断念した後、妻の妙子《たえこ》をまじえ、クルティカと三人でビャヒラヒ・タワーの南ピラー、つまり南の岩稜を登った。ビャヒラヒ・タワーは、椎《しい》の実のような独特の形をした美しい山だった。しかも登ったのはそれまで誰にも登られていないルートだったが、自分たちの能力のすべてを出し切って頂を極めるというクライミングではなかった。初登のため、登山界の約束事によって自分たちがルート名をつけることができた。どうしようか話していると、クルティカが冗談めかして言った。

「ジャパニーズ＝ポーリッシュ・ピクニッククルートというのはどうだい？」

山野井も妙子も笑って賛同した。日本人とポーランド人がピクニックのように楽しく登ったルート。まさに三人にとってはそのていどのレベルの登山でしかなかった。

つまり、敬愛するクルティカとの三年にわたる登山も、まったく満足感を生まなかったのだ。

クルティカとの三度目のヒマラヤから帰ってきて以来、山野井は何かを探していたと言ってもよかった。それまでは、なんとなく眼や耳に入ってきた山に関心を向け、機が熟せば登るということを続けていた。ところが、このときは、何としてでも次に登る山を見つけたかった。そしてそれは、登るに値する山、ジャヌー北壁やマカルー西壁への再挑戦に続く山であってほしかった。

二〇〇一年秋のある日、奥多摩の家で、いつものように山の雑誌や本をぱらぱらとめくってはぼんやりしていた。

その中に『アメリカン・アルパイン・ジャーナル』のバックナンバーもあり、それらを引っ繰り返しているとき、二〇〇〇年版のあるページに眼が留まった。

アメリカ山岳会が出している『アメリカン・アルパイン・ジャーナル』は、「雑誌」というより「年鑑」といった方がいい体裁と中身を持っている。五百ページにも達しようかという厚さの本の中に、その年度に、世界のクライマーがどの山のどの壁でどのような登山をしたかが詳しく報告されている。編集長はクリスチャン・ベックウィズという若い編集者で、山野井のクライミングに注目し、高く評価してくれていた。

二〇〇〇年版には、山野井の写真が口絵として大きく掲げられており、本文中にも、クルティカとのヒマラヤ挑戦の一年目に、目的の無名峰ではなく、もうひとつの無名峰に登ったときの報告が載っていた。しかし、山野井の眼に留まったのはそのページではなかった。本文の中に、スロヴェニア人のトマジ・フマルによるダウラギリ南壁登攀などと並んで、同じスロヴェニア人によるギャチュンカン登頂の報告が載っていたのだ。

もちろん以前にも見ていたはずだった。しかし、そのときは、自分と同世代のクライマーであるマルコ・プレゼリが登った山なのだな、というくらいで通り過ぎていた。しかし、今回は、そこに載っている小さな写真に惹《ひ》きつけられてしまったのだ。スロヴェニア隊が登ったというギャチュンカンの北壁は、あらためて見てみると素晴らしい壁だった。標高差二千メートルに達しようかという壁がどっしりとそびえ立っている。


プレゼリの執筆した登山報告によれば、発端はアンドレイ・シュトレムフェリの次のひとことだったという。

「チョー・オユーとエヴェレストのあいだにある山を知ってるかい」

訊《たず》ねられたプレゼリはこう答えた。

「チョー・オユーの東に面白そうな山があることは知っている。でも、特に気をつけて見たことはないな」

すると、シュトレムフェリはこう言った。

「僕はあるんだよ。このあいだ高度順化をしているとき、ギャチュンカンの北壁をずっと眺めていたんだ。見てごらん」

シュトレムフェリはそう言うと、彼がチベットのスーカンリという山に登った際に撮った一枚の写真を取り出した。それを見たプレゼリは、チベット側からギャチュンカンに登るというアイデアの素晴らしさが、瞬時に理解できた。

二人が調べてみると、ギャチュンカンはいままでほとんど登られていないことがわかった。ネパール側からは三つのパーティーによって三登までされているが、チベット側からはまったく登られていない。そこに至って、シュトレムフェリとプレゼリのギャチュンカン熱が一気に沸騰《ふっとう》してしまったのだという。

しかし、そのときから実際に計画が実現するまで三年が必要だった。理由は資金難だったが、それもスロヴェニア山岳会の正式プロジェクトとなることで解決した。シュトレムフェリが隊長となり、合計八人のクライマーとひとりの医師による遠征隊が組織された。

一九九九年春、まずシュトレムフェリともうひとりの隊員がチベットに向かい、どのようにしたらギャチュンカンを攻略できるのか偵察に行った。そこで集めることができた情報とかなりの数にのぼる写真を整理し、モンスーン明けの秋にいよいよ九人でチベットに向かうことになった。そして、ギャチュンカン氷河から流れ出す河を遡《そ》行《こう》し、何度かの高度順化のための登山を経て、いよいよアタックすることになった。

スロヴェニア隊は九人という中規模の遠征隊だったが、クライミングのスタイルは古典的な「極地法」ではなく「アルパイン・スタイル」を選んだ。

ベースキャンプから第一キャンプ、第二キャンプと前進キャンプを設営し、最終キャンプから山頂を目指すというのが極地法、あるいは包囲法と呼ばれているものである。一方、酸素ボンベを持たないのはもちろん、できるだけ装備を軽量化し、ベースキャンプから一気に山頂を目指すのがアルパイン・スタイルだ。

スロヴェニア隊は、八人のクライマーを二人ずつ四組に分け、それぞれの自由な判断によって頂を目指すことにした。その結果、三組六人が登頂することに成功した。これがギャチュンカン北壁の初登であると共に、チベット側から試みられた最初のギャチュンカン登山となった。

山野井はプレゼリの文章を読みながら、その一年前に来日したシュトレムフェリの言葉を思い出した。彼を囲む会で、シュトレムフェリはギャチュンカンについてこう言っていたのだ。自分たちが登ったノース・フェイス、つまり北壁も悪くなかったが、未登のイースト・フェイス、東側の壁もかなり面白そうだった、と。

確かにスロヴェニア隊が登った北壁も美しいが、その横の一本の稜線《りょうせん》によって区切られた東側の壁にも惹かれるものを感じた。写真には写っていないが、北壁の岩の層や雪のつき具合から、あるていど推測できる。

ギャチュンカンのイースト・フェイスとはどのような壁なのだろう。興味を抱いた山野井は、ギャチュンカンのチベット側に関する資料を探してみることにした。しかし、まったくといってよいほど手に入らない。

そのようなとき、最近チベット側からギャチュンカンの近くまで入った日本人がいるという話を聞いた。長野のクライマーで、やはりスロヴェニア隊と同じくギャチュンカン氷河から流れ出す河を遡行し、ギャチュンカンの取り付き付近まで行ったという。しかも、北壁だけでなく東側の壁の様子も見てきたらしい。山野井はそのクライマーに連絡し、もし写真を撮っていれば見せてもらえないかと頼んだ。すると、すぐにアルバムごと送られてきた。山野井はそれをカラーコピーし、詳細に検討した。

その結果、東壁そのものは登攀に向かないことがわかった。壁の取り付きから千メートルは、どのルートを取っても雪崩《なだれ》の巣のようなところを登らなければならず、それを超えても脆《もろ》そうな岩の壁が山頂まで続く。まさに、弾倉にすべて弾の込められたロシアン・ルーレットのように、ピストルの引き金を引きさえすれば必ず弾が当たってしまいそうだった。なにより、壁そのものに美しさがないことが山野井には気になった。しかし、北壁と東壁のあいだの北東壁は違っていた。高度な登攀技術を要求されるだろうが、壁の弱点をついて頂上に至ることは不可能ではなさそうだった。

もし壁の鮮明な写真が一枚あれば、登頂の可能性から、タクティクス、つまり頂まででどう登るかという攻略法を考え出すことができる。しかし、送られてきた写真の中には、そこまで北東壁の状態をはっきりと見極めることのできるものがなかった。

もちろん、その北東壁はまだ誰によっても登られたことがなかった。試みられたことすらない。登れるかどうかはまったくわからないが、そのわからないという部分に強く惹かれるところがある。わからなさは、危険と隣り合わせだということでもある。しかし、同時に、自分の未知の力を引き出してくれる可能性もあるのだ。困難な壁に全力でぶつかっていったとき、初めて自分の力を感じることができる。それに、すべてがわかっており、まったく安全だというなら、登る必要がない。もちろん、そうした山を必要としている人がいることは理解できる。しかし、少なくとも自分が求めているものではない……。

しだいに山野井のギャチュンカンに対する思いは高まっていった。ここなら無酸素のアルパイン・スタイルで、美しいラインを描いて登ることができるかもしれない。

八千メートルにわずかに欠けるというところも、むしろ自分に向いているのではないか。

2

山野井の登山方法である、ヒマラヤにおけるアルパイン・スタイルは、登山の歴史の中から必然的に生まれ出てきたものだった。

山に登る。それも登るために登る、というスポーツ登山が登場してきたのは、ここ二百年のことである。一七八六年、ヨーロッパ・アルプスの最高峰、四八〇七メートルのモンブランが、ミシェル・パカールとジャック・バルマによって登頂されると、ヨーロッパに登山熱が広がり、それがアメリカやアジアにまで拡大していった。

クライマーの目標は、まずヨーロッパ・アルプスの未登の頂《いただき》に向かった。一八五八年にアイガー、さらに一八六五年にはグランドジョラスとマッターホルンといったアルプスの難峰が落ち、目標はヒマラヤの高峰に向けられるようになった。その象徴がエヴェレスト、現地のネパールでサガルマータ、チベットでチョモランマと呼ばれる山である。それが一九五三年のイギリス隊によって初登頂され、一九六四年に最後の八千メートル級の高峰として残っていたシシャパンマが中国隊によって登頂されると、世界の高峰に未登の頂は存在しなくなった。すると、クライマーの視線は「ルート」に向かうようになる。同じ頂を目指すのでも、比較的登りやすいノーマル・ルートからではなく、より難しいルート、いわゆるバリエーション・ルートから登ろうとするようになるのだ。

その「より困難なルートを」という流れは、「壁」に対する強い関心を導くことになる。単に頂に到達するだけでなく、より困難な壁を攀《よ》じ登っていく。登るのは南壁からなのか、北壁からなのか。そのようにしてヒマラヤにおける壁の時代が始まる。そして、それは、いかに登るのかという新しい動きと連動することになる。

ヒマラヤは、その初めから、大量の人員と物資を使っての大規模登山が主流だった。いわゆるポーラー・メソッド、あるいはシージ・タクティクスと呼ばれる登山スタイルである。日本ではポーラー・メソッドを極地法、シージ・タクティクスを包囲法と訳す。

その極地法、包囲法では、まず大規模な登山隊が現地に乗り込み、大人数のポーターや動物を使ってベースキャンプまで大量の荷物を運ぶ。さらに、高所ポーターの助けを借りて、前進キャンプを設営しながら荷物を上げていく。その間、難しい箇所にロープを張るなどのルート工作をし、可能なかぎり頂上に近い地点に最終キャンプを設ける。そして、頂上へのアタッカーに選ばれた数人の隊員が最終キャンプまで上がっていき、登頂を目指す。

こうした極地法、包囲法の登山では、問題はいかに効率的に前進キャンプを設営するかということと、誰をアタッカーに選ぶかということになっていく。隊員のすべてが頂上に立ちたいという気持を抱いていることに変わりはない。しかし、「隊の成功」という大義のもとに、最も強く、最も調子のいい者を、最もいい状態で最終キャンプまで押し上げ、頂上に登らせなければならない。そのためには、他の隊員は「捨て石」となることを受け入れなくてはならないのだ。しかし、誰がその強さと調子のよさを判断するのか。多くの場合は隊長ということになるが、隊員がその決定を認められないときはどうなるのか。

その問題が鋭いかたちで現れたのが、たとえば一九七六年の日本のK２登山隊だった。第一次のアタッカーに選ばれなかった森田勝が、どうしても承服できないと、ひとりで山を下りてしまったのだ。

極地法による大規模登山隊の遠征記録が、前進キャンプ設営の困難さと、アタッカー選出に至るまでの人間関係の描写に多くのページを割くのも、ある意味で無理なかったと言える。最大のドラマはそこに存在したからだ。

しかし、一九七〇年代の後半に至って、その登山法が劇的な転換を遂げる。すでにヨーロッパ・アルプスでは、少人数、または単独で、短期間のうちに頂上に登るという登山法が定着していた。このアルプスにおけるスタイル、つまりアルパイン・スタイルでヒマラヤを登ろうという人たちが現れたのだ。

そうした試みは、以前にも散発的に存在したが、どれも不成功に終わっていた。ところが、一九七五年、イタリアのラインホルト・メスナーが、八〇六八メートルのガッシャブルムI峰にペーター・ハーベラーと二人で登り、アルパイン・スタイルの無酸素登頂を初めて成功させる。さらにメスナーは、その三年後、今度は八一二五メートルのナンガ・パルバートにおいて、それを単独で行うことで究極のアルパイン・スタイルを提示したのだ。つまり、それがアルパイン・スタイルの「ソロ」である。

以後、世界の先鋭的なクライマーは、アルパイン・スタイルで少数によるヒマラヤ登山を試みることになる。そして、さらにそれ以上に先鋭なクライマーは、アルパイン・スタイルのソロを目指すことになるのだ。

こうした世界の登山界の流れにおいて、「八千メートル峰十四座完登」とか「七大陸最高峰登頂」とかいうものはあまり意味を持たなくなっている。それを誰が最初にやるかということにはゲームとしての面白さがあったろう。しかし、八千メートル峰十四座完登を一九八六年にメスナーが、七大陸最高峰の登頂を一九八五年にアメリカのディック・バスが成功させてからは、それらを目指すことは「ピーク・ハンティング」ですらなく、単なる「ピーク・コレクション」にすぎなくなっている。要するに、小学生が夏休みに熱中する鉄道駅のスタンプラリーほどの意味しか持たなくなっているのだ。

たとえば最高峰のエヴェレストなど、いまでは「公募隊」と呼ばれる商業ベースの「登らせ屋によるツアー」が存在しており、金さえ払えば、シェルパに酸素ボンベを持ってもらい、山頂まで張りめぐらされた固定ロープをつたって登ることができるようになっている。

このようにしてスタンプラリーのような「登頂印」をもらうことには、登山の歴史という観点からはほとんど意味がなくなっているのだ。

それまで北極圏のバフィン島のトール西壁、南米パタゴニアの冬のフィッツロイと、極地の大岩壁をソロで登ってきた山野井が、ヒマラヤの高峰登山において世界的な登《とう》攀《はん》を成し遂げたのは、二十九歳のときだった。一九九四年、山野井はチョー・オユーの南西壁をたったひとりで登ることに挑戦したのだ。

チョー・オユーは、八千メートル峰ながら、そのノーマル・ルートは比較的登りやすいとされていた。しかし、同時に、南西に極めて登りにくい壁を持っていた。そのチョー・オユーの南西壁は、かつてひとつのパーティーしか登ることを許していなかった。そのパーティーとは、スイス人のエアハルト・ロレタンとジャン・トロワイエにポーランド人のクルティカを加えた、いわゆる「最強のトリオ」である。

山野井は、そのスイス＝ポーランド・ルートを避け、壁の左手からまったく新しいルートで登ることにした。

九月二十一日、夜の八時半に六千メートル地点の取り付きから登りはじめ、午前四時には七千メートルの核心部、最も困難なところに差しかかっていた。そこは、岩と雪とがミックスして現れる七十度ほどの急な壁だった。七十度とは、慣れない者の眼にはほとんど垂直に映る斜度である。ピッケルの先で雪の下を探り、岩のホールド、つまり手掛かりになる部分を掘り出す。そして、そのホールドを支えに、少しずつ登っていくのだ。足を滑らせれば千メートル下まで一気に落ちてしまう。

午後三時、二時間の小休止をはさんで十六時間もの連続行動の末に七千五百メートトルまで登ることに成功する。そこで、次の日まで疲労を残さないようにとビバークした。

一般にビバークとは、掘った雪洞や岩陰などで夜を過ごす露営《ろえい》を言うが、アルパイン・スタイルでの高所登山の場合、簡易テントによる幕営《ばくえい》もビバークと呼ぶ。このときも山野井は一人用の小さなテントを使った。

翌日は、午前六時から登攀を開始したが、柔らかい雪に阻《はば》まれてなかなか高度を稼げない。さらに、八千メートルに至って、七千メートルの核心部より、さらに困難な岩壁にぶつかった。さほど岩の質がもろくなかったことが幸いして、左手に握った鋭利なアイスバイルの先と、手袋を脱いだ素手の右手でなんとか乗り越えることに成功する。

あとは空気の薄さとの戦いだけで、二十三日の午後四時には頂に立っていた。実に、取り付きから頂上まで四十三時間半という驚異的なスピードだった。

その登頂は、「八千メートル峰を、バリエーション・ルートから、アルパイン・スタイルの、ソロで登る」ということに成功した、世界で四人目のクライマーになることを意味していた。

すなわち、一人目は一九七八年にナンガ・パルバート西壁を登ったラインホルト・

メスナーであり、二人目は一九九〇年にローツェ南壁を落としたスロヴェニア人のトモ・チェセンであり、三人目は同じ一九九〇年にダウラギリ東壁を登ったポーランド人のクシストフ・ヴィエリツキであり、山野井は、彼らに次ぐ四人目だったのだ。

それは、もしクライミングをスポーツだとするなら、そのジャンルで最高のレベルに到達した稀有《けう》な日本人アスリートが現れたということを意味していた。ボクシングで言えば、フライ級ではなくヘビー級でタイトルマッチが戦えるボクサーということであり、陸上競技であればオリンピックの百メートルのファイナリストになれるスプリンターが現れたということである。

しかし、日本において山野井は、一般的にほとんど無名と言ってよかった。山岳関係の雑誌に登山の記録を載せることはあっても、積極的にテレビや週刊誌に出ることはなかった。それは、山野井が本質的にあまり派手な振る舞いを好まなかったせいもあるが、登山の費用のすべてを自分で賄《まかな》っているため、名前を売ってスポンサーを見つける必要がなかったからでもある。ただ、自分の好きな山を好きに登ることができさえすればよかったのだ。

そうした山野井にとって、八千メートルという高さはヒマラヤ登山に必須《ひっす》のものではなかった。八千メートル以下でも、素晴らしい壁があり、そこに美しいラインを描いて登れるなら、その方がはるかにいいという思いがあった。

山の壁を登るには、頂上まで直線的なルートで行くのが最も手っ取り早い。しかし、壁によっては直線的に登れないことがある。いや、ヒマラヤの高峰の場合、ほとんど不可能と言ってよい。そこで、壁の形状や性質から判断して、最も危険が少なく、最も素早く登れるルートを探す必要が出てくる。それがルート・ファインディングである。美しいラインとは、すぐれたルート・ファインディングによって見出《みいだ》された、最も合理的なルートでもある。

自分が登ることで壁に一本のラインが引かれる。山野井にとっては、そのラインの美しさが何より大事なことであり、ギャチュンカンはまさにそうしたラインを引ける山のようだった。

3

山野井は、次の年のモンスーンが明けた九月頃にギャチュンカンの北東壁を登ろうかなと考えるようになり、積極的にチベット側のギャチュンカンに関する資料を集めはじめた。

しかし、やはり情報はほとんど手に入らない。とりわけ欲しかったのは明瞭《めいりょう》な北東壁の写真だった。

そこで、チベット側のギャチュンカンに登った唯一《ゆいいつ》の隊であるスロヴェニア隊に連絡してみることにした。

隊長のシュトレムフェリには日本で会っているが、連絡先まではわからなかった。だが、日本でメール・アドレスを交換した人がいるという。それをその人に教えてもらい、写真があれば送ってもらえないだろうかと電子メールを送った。やがて、スロヴェニアからシュトレムフェリの手紙が届き、そこに三枚の写真が同封されていた。しかし、残念なことに、北東壁を正面から撮った写真はなかった。

それ以外に手に入ったもののひとつに、ギャチュンカン周辺の大ざっぱな中国製地図があった。それを見るかぎりでは、スロヴェニア隊はギャチュンカン氷河から流れ出ている河を溯《さかのぼ》って北壁に向かっているが、北東壁を狙《ねら》うなら東隣のエヴェレスト側から入る方がいい。しかし、果たしてそこからギャチュンカンに行けるものなのかどうかがわからない。

ちょうど東京の大学生が「公募隊」に参加してモンスーン前のエヴェレストを登る

ということを聞き、会ってもらった。そして、エヴェレストのベースキャンプから、荷物を運ぶヤクを使ってギャチュンカンの北東壁の下に出ることは可能かどうか、その場合どのくらいの日数がかかるのか調べてもらえないかと頼んだ。調べるといっても、地元の人かチベット山岳協会の関係者に訊《たず》ねるくらいのことしかできないだろうということはわかっていたが、最初の手掛かりがほしかったのだ。

帰ってきた学生の返事は、どうやら一日くらいで行けそうだ、というものだった。

年が明けた二〇〇二年の三月、山野井はイギリスの山岳会に招かれてシェフィールドに行った。世界的なクライマー七人によるシンポジウムに出席するためだった。イギリス、アメリカ、スロヴェニア、そしてポーランドからはクルティカも来ていた。

イギリスのアルパイン・クラブ、山岳会には、日本山岳会やアメリカ山岳会というように国名がついていない。それは、彼らのクラブが世界で初めて作られた山岳会だったため、その前に国の名前などつける必要がなかったからなのだ。

その伝統ある山岳会の中で、「世界の七人」のメンバーを決めたのは、伝説的なクライマーのダグ・スコットだった。

アルパイン・スタイルで大岩壁を登るクライマーとして知られるスコットは、また、日本人クライマー嫌いとしても知られていた。実際、世界の有名なクライマーのインタヴューを集めた『ビヨンド・リスク』という本の中でも、二カ所にわたって日本人のクライマーを批判している。その論点はただひとつ、「大人数による極地法の登山を好む日本のクライマーは、固定されたロープに頼り過ぎる」というものだ。

アルパイン・スタイルの登山では、ベースキャンプを出たら他の助けを借りないということが前提とされている。シェルパや他の隊員による前進キャンプの設営やルート工作などの援助をいっさい受けない。当然のことながら、固定されたロープに頼ることなど前提としていない。しかし、頂上付近を無酸素で苦しい登攀を続けているとき、そこにロープがあったとすれば、つい使いたくなってしまうではないか。だから、とスコットは別の場所で言っている。少なくとも、張ったロープは撤去してもらいたいと。そして、日本のクライマーは能力があるのだから、小人数でもっと自由に登ればいいのだが、とも言う。

しかし、スコットは、日本人クライマーの中で山野井だけは違っていると判断しているようだった。それには、『アメリカン・アルパイン・ジャーナル』の記事を通して山野井のクライミングの内容を知っていたということもあり、また編集長のベックウィズからよく話を聞かされていたということもあったようだった。

イギリスのシェフィールドはリバプールの東にあり、有名な岩場が多くあることで知られている。山野井はその市民ホールで、五百人ほどの聴衆を前にして、通訳なしで講演した。講演と言っても、クライマーがよく行う「スライド会」とほとんど変わらないものだった。自分の登った山で撮った写真のスライドを見せながら、登山のプロセスやそのときの心理状態、また聴衆によっては技術的な問題などについてコメントしていく。山野井は、そのコメントを、あらかじめ日本で、妻の妙子に英語に直しておいてもらっていた。

山野井の妻の妙子も世界で有数の女性クライマーである。山野井より九つ年上の妙子は、高校生の山野井が日本のアルプスを登っているとき、すでにヨーロッパのアルプスで目覚ましい登攀を連続的に成功させていた。笠松美和子と組んでは、グランドジョラスのウォーカー側稜《そくりょう》で、女性ペアとしては世界で初となる登攀を成功させ、男性二人と組んでは、モンブランにあるプトレイ大岩稜の、ボナッティ＝ゴビ・ルートというとてつもない難ルートの冬季第二登に成功していた。

さらに、山野井と暮らすようになってからは、遠藤由加と組んで、チョー・オユーの南西壁でスイス＝ポーランド・ルートの第二登を成功させている。

このとき、同時に山野井もソロで新ルートによる登頂に成功している。つまり、山野井と妙子と遠藤の三人は、入山料を倹約するため、ひとつの隊として登山申請をし、現地で二つのパーティーに別れてチョー・オユーの南西壁に挑戦したのだ。

妙子と遠藤は、夜間に登攀を開始したためルートを間違え、ようやく頂上にたどり着いたのは三回のビバークを重ねた後のことだった。

困難はあったが、これによって、妙子と遠藤の二人は、八千メートル級の山のバリエーション・ルートを、無酸素のアルパイン・スタイルで登った世界で最初の女性クライマーとなることができたのだ。

それがどれほど画期的なものであったかは、以後もアルパイン・スタイルで、八千メートル級の山のバリエーション・ルートを、女性だけで登ったクライマーがひとりも現れていない、ということによっても逆に証明される。

妙子は、外国の山岳雑誌に「世界で最も才能のある女性クライマー」と書かれることもあるが、日本ではまったく知られてこなかった。それは、妙子が山野井以上に表立つことを好まなかったからである。

その妙子の英語能力に特別なものがあったわけではない。留学したわけでもなく、ただときどき登山のために外国に行くだけのことである。しかし、八年間もＮＨＫのラジオの英会話講座を聞きつづける根気のよさがある。そうした積み重ねによって、外国の山岳協会とのやり取りなどは問題なくできるようになっていた。

シェフィールドにおける山野井の講演は、簡単な英語だけを使ったものだったが、的確でわかりやすかったらしく、観客から最も多くの笑いと拍手を得られた。

講演終了後、山野井は現地の若いクライマーに案内され、スコットランドにあるベン・ネヴィスという山を登った。そこは、ダグ・スコットを初めとして、イギリスのすぐれたクライマーを育てた山でもあった。そのとき、山野井は案内してくれた若いクライマーに刺激を受けた。そのクライマーは、安価な登攀具を山にひとつ忘れてきただけで落ち込むような、かなり貧しい生活をしていた。そうした中で、山野井と一緒に登ると、激しい対抗心を燃やし、自分の力を誇示するようにギラギラしたものを発散させながら高みを目指していく。それは、自分を含めた日本人クライマーが忘れかけたもののような気がした。山野井の生活も決して豊かなものではなかったが、さすがに登攀具ひとつ忘れただけで落ち込むようなことはない。最近では、必要なものは、登山用具の会社に頼めば簡単に手に入りさえする。

そして、二人だけで登ったベン・ネヴィスのクライミングそのものも気持のよいものだった。そこは、千三百メートルの山で、二百メートルほどの切り立った壁がある。岩肌は海風が当たって濡《ぬ》れ、ベットリと氷が付着する。そこを登りながら、「これはギャチュンカンのためのいいトレーニングになるな」と思っていた。

つまり、このときまでには、ギャチュンカンを登ることをほぼ心の中で決めていたことになる。

それに前後して、モンスーン前の春の季節に、アメリカ隊がギャチュンカンの北東壁を狙うというニュースが入ってきた。もし先に登られてしまえば、初登ではなくなってしまう。

初登であるかどうかは、登山の面白さを保証する絶対的な条件ではない。しかし、第二登以後の登山では、面白さの何割かが減ってしまうことは間違いない。なぜなら、登れるということ、登れたということはとてつもなく大きな情報なのだ。たとえ登られたルートの詳細がわからなくとも、誰かが登ったというだけで、その山の難しさの何割かは減ることになる。

山野井が初登にこだわるとすれば、それは名誉欲より、登山の面白さをより味わいたいという貪欲《どんよく》さによっていた。

だが、マイク・ビアージとブルース・ミラーという二人から成るアメリカ隊については、あまり心配しなかった。成功する確率はほとんどないだろうと判断していたのだ。

登山の世界には、突拍子もなく新しい才能は現れないことになっているが、そのアメリカ隊の二人は、これまでさほど目覚ましい登山をしてきていない。ギャチュンカンの北東壁は、世界のトップクラスのクライマーでも、五割ていどの成功率しかない難しい壁のように思える。アメリカ隊が北東壁を登り切るためには、よほどの幸運が必要と思えた。

アメリカ隊の二人には、ひとつの野心があったらしい。ギャチュンカンは一般的には七九五二メートルとされているが、七九二二メートルや七八九七メートルという説もある。このように高さが一定していないヒマラヤの高峰は、ギャチュンカンだけではない。計測の仕方や基点の置き方の違いによって誤差が出てしまうだけでなく、ヒマラヤがいまもなお変化しつつある山脈だということもあって、多くの山が何種類かの高さを持っている。アメリカ隊の二人は、ギャチュンカンの高さが、通説とは違って八千メートルを超えているのではないかと考えたのだ。ギャチュンカンは隠れた八千メートル峰ではないのか、と。それを確かめるべく、山頂に携帯用のＧＰＳ装置を運び込み、本当の高さを割り出すことを登山の大きな目標にしていた。

しかし、結局、アメリカ隊は山頂にＧＰＳを持ち込むことができなかった。高度順化をしている最中にひとりが転落死したため、もうひとりが遺体の収容もできないままベースキャンプから引き上げてしまったからだ。

山野井は、ぼんやりと「北東壁をソロ」で登ることにし、もし登れそうもなかったら「北壁を妙子と二人」で目指そうかなと思うようになった。そして、しばらくすると、それを妙子に話すようになった。

初夏に入って、山野井は具体的に計画を練りはじめた。

まず、第一にチベットの山岳協会へ連絡して入山の許可を取らなくてはならなかったが、その交渉はすべて妻の妙子がした。

妙子はクライマーとしてすぐれているだけでなく、クライマーには珍しい実務能力があった。そのため、かつて参加した登山隊では常に会計係を受け持たされた。あえて望んだことではなかったが、妙子ほど几帳面《きちようめん》に雑務を処理できる隊員はいなかったからだ。

すぐというのではなかったが、ファクスを送ったあとで何度か電話で催促すると、妙子宛《あて》に入山を許可する旨《むね》の返事が届いた。一行目に「ディアー　ミズ・ヤマノイ」と書かれたファクスの文面は次のようなものだった。

《電話とファクス、ありがとうございます。

あなたたちが今秋予定されているギャチュンカン峰（七九八五メートル）への小規模登山をひとりにつき二千七百ドルで受け入れます。

その料金に含まれるのは以下のものです。

入山料、国境からベースキャンプまでの往復の輸送代、キャラバンに入るまでのホテルと食事代、道路維持費、環境維持費、リエゾン・オフィサーとその助手の人件費、そしてひとりにつき三頭のヤクの代金。ただし、ベースキャンプからの帰りはひとりにつき二頭になります。

内容を確認して連絡をください》

そのファクスの中で印象的だったのは、チベット山岳協会がギャチュンカンの高さを七九八五メートルとしていることだった。それに従えば、ギャチュンカンは八千メートルに十五メートル足りないだけになる。

次に、カトマンズのコスモトレックという旅行代理店に連絡を入れた。登山のだいたいの予定を告げ、必要な手筈《てはず》を整えてくれるよう頼んだ。

日本人の経営するコスモトレックは、主としてネパールにおける一般向けのトレッキングや、遠征隊による登山の世話をすることで有名な代理店だった。

最終的にそのコスモトレックには、中国のビザの取得と、チベット国境までの送り迎えと、コックの手配を頼んだ。

その結果、総費用は二人で百五十万円で収まることになった。内訳は、日本からネパールまでの航空運賃、中国のビザ代、カトマンズからネパールとチベットの国境までの輸送費、コックひとりの五十日間の賃金、チベット山岳協会への支払い、それにカトマンズで買い求める食料や燃料の費用である。八千メートル以上の山ではないので入山料が安いということもあったが、二人のクライミング・スタイルがほとんど金のかからないものだったことが大きかった。

初夏から夏にかけてはアメリカでクライミングを楽しむことにした。ひとつは登攀《とうはん》のトレーニングにもなり、高度順化もできるかもしれないという思いがあったからだが、二人とも単純に岩登りを楽しみたかったのだ。

山野井と妙子はレンタカーを借り、友人の遠藤由加と一緒にコロラドの山々をフリー・クライミングをするために巡った。遠藤は、妙子がチョー・オユーのバリエーション・ルートをアルパイン・スタイルで登ったときのパートナーである。

遠藤が日本に帰ってしまってからは、二人だけでワイオミングを回った。途中、

『アメリカン・アルパイン・ジャーナル』の編集長を辞めたばかりのベックウィズの家に何泊かさせてもらった。そのとき、ベックウィズがギャチュンカンのアメリカ隊の生き残りを紹介してくれようとしたが、これは遠慮した。あるいは、北東壁の鮮明な写真を撮っていたかもしれないが、そこまでやりたくはなかったのだ。

日本に帰り、鹿児島にある鹿屋《かのや》体育大学で、低酸素室に入っての訓練をした。それはスポーツ選手の高地トレーニング用に作られた施設で、密閉された空間に四千メートル、五千メートル、六千メートルといった高さと同じ希薄な空気を作り出すことができる。山野井たちは、そこで昼夜を過ごし、時には備えつけられた自転車をこぎ、ランニング・マシーンの上を走り、心臓に大きな負荷をかけるようなこともした。そのようにして、低地にいながら高度に対する順応を早めに促進させておこうとしたのだ。以前、クルティカとK2東壁を狙《ねら》ったときに利用させてもらったことがあったが、かなり効果があったように思えたからだ。

そして、東京に戻るとすぐ、ギャチュンカンに登るためネパールに出発することになった。

第二章　谷の奥へ

1

山野井と妙子が、奥多摩の家を出てネパールに向かったのは八月三十一日だった。

日本からネパールへの入り方には主なルートが三つある。ひとつは成田空港からタイのバンコクを経由してカトマンズに入るルート。ひとつは関西空港から上海《シャンハイ》を経由してカトマンズに入るルート。そしてもうひとつは成田空港から香港《ホンコン》を経由してカトマンズに入るルート。この中で、香港経由は航空会社を変えなくてはならない不便さがあるので考慮に入れないとすると、上海経由かバンコク経由かということになる。航空会社はそれぞれロイヤル・ネパール航空とタイ航空になる。時間的にはロイヤル・ネパール航空の上海経由ルートの方が早いが、ロイヤル・ネパール航空には運航に不正確なところがある。発着時間の遅延ならまだいいが、便そのものが不意にキャンセルされてしまうことが少なくない。格安航空券の値段はほとんど変わらないから、早さを取るか、正確さを取るかということになる。

今回は、正確さをとってバンコク経由で行くことにした。

予約したのは九月一日の便である。それより一日前の八月三十一日に家を出たのは、この日、山野井の両親が住む千葉の都賀《つが》の家に泊まらせてもらうことになっていたからだ。

それは今回に限った特別なことではなかった。ここ何年と、海外の山を登るため成田空港に行く場合、前日の夜は両親が二人で暮らす家に泊まることが慣例になっていた。奥多摩の家から成田空港に行こうとすると優に三時間はかかるが、都賀から父の運転する車で送ってもらえば三十分足らずで行くことができる。その方がゆったりできるということもあったが、山野井には別の思いもあった。いつも自分たちの生死について心配をかけている両親に対して、それがささやかな親孝行になっているのではないか、と。

山野井の父は、かつて一度だけ山登りに反対したことがある。しかし、それ以後は、決してよけいな口出しをしたことがない。ただ、ときどきこう言ったりすることはあった。

「俺より先に死んでほしくないなあ」

そしてこう続けるのだ。

「お前の葬式に行きたくはないからなあ」

山野井の登山が、一歩間違えば死に直結することを常に意識しているからに違いなかった。


ネパールへの出発の日、山野井と妙子は、千葉に向かうために青梅《おうめ》線の始発駅である奥多摩駅から電車に乗った。それはいつもと同じだったが、ひとつだけ違っていたのは、ほとんど乗客のいないその車両の中に、テレビカメラを持った三人組がいたことだった。

彼らは、山野井の人物ドキュメンタリーを撮っているテレビ制作会社のスタッフだった。そのディレクターから、彼らが作っている三十分番組の最後のシーンとして、青梅線に乗っている二人を撮りたいという要望が出されたのだ。

山野井にはあまりテレビに出る必要がない。だから、テレビの取材申し込みがあった場合、受けるかどうかの判断基準はたったひとつしかない。それに出ると、自分や妙子の両親が喜ぶだろうか、ということである。登山前に実家に一泊するのと同じ理由で、もし彼らが喜んでくれるなら出てもいいと思っているのだ。

しかし、だからといって、自分の原則を破るようなことまでして出演依頼を受けるつもりはなかった。

一年ほど前に、NHKから正月番組としてエヴェレストを無酸素で登るところを撮らせてもらえないかという企画が持ち込まれた。モンスーンの前と後の二回、山野井がエヴェレストをひとりで登るところを、ハイビジョンカメラで撮りたいというのだ。エヴェレスト以外にもっといい山はありますよと言っても聞く耳を持たない。やはり「世界最高峰」のエヴェレストでなくてはならないらしいのだ。しかも、彼らが望んでいるのはノーマル・ルートからの登攀《とうはん》だった。いまやエヴェレストのノーマル・ルートには、公募隊を含め、固定されたロープを使い、シェルパに酸素ボンベを持ってもらって登っているような人が大勢いる。そのようなところを登るのには興味がなかった。たとえエヴェレストでも無人のところを自力でラッセルしながら登りたかった。自分がしたいのは誰もいない壁を一歩一歩登っていくことなのだ。しかし、その思いをうまく理解してもらうことはできないようだった。山野井は説明するのを諦《あきら》め、申し出を断ってしまった。NHKに出れば、それも正月の大型番組に出れば、両親が喜ぶだろうなとちらっと思いはしたのだが。

それに比べれば、この民放の人物ドキュメンタリーの番組に出演することは、別にいやなことではなかった。クライマー山野井泰史の日常を撮りたいというこの番組のスタッフとは、どこかに気持の通い合うものがあった。とりわけ、テレビの業界人的でないディレクターには好意を抱くようになっていた。

何かのために「演じる」というのは山野井のもっとも嫌うところだったが、奥多摩の風景を眺めているところを最後のシーンにしたい、というディレクターの意図はよく理解できた。山野井には、原則は原則として、あまり本質的でないところではあるていどの融通をきかすという柔軟さがあった。もちろん、それをやさしさと言い換えることもできないではない。

電車に乗り込むとき、カメラマンが言った。

「いまから山野井さんはヒマラヤに向かう。これが最後の奥多摩だっていうのを撮りたいんです」

ディレクターとカメラマンの要望に従って、車窓から移りゆく奥多摩の丘や、林や、河の流れや、そこに架かる巨大な橋に眼をやっているうちに、山野井は自分がふっとこんなことを思っているのに気がついた。

――この風景をもういちど見られるだろうか……。

必要なカットが撮られ、奥多摩駅から五つ目の御嶽《みたけ》駅で電車を降りた。そこから、テレビの制作スタッフが、彼らのワンボックス・カーで千葉まで送ってくれることになっていたのだ。

午後、山野井の両親が住む都賀の家に着いた。母親がウナギの蒲焼《かばや》きを用意しておいてくれ、テレビのスタッフも一緒に食事した。

そこで、いつ放送されるのかという話になり、それがまさにギャチュンカン登山の真っ最中であるはずの九月の中旬だと知ったとき、山野井はまたこう思った。

——その放送を見られるだろうか……。

もちろん、リアルタイムで見られないことは歴然としていた。そうではなく、帰ってから見られるだろうかと思ったのだ。両親が録画しているだろうし、あるいはディレクターがビデオを送ってくれるかもしれない。しかし、自分はそれを見ることができないのではないか……。

翌日の午後、父親の運転する車で、成田空港まで送ってもらった。いつものように母親も一緒だった。

空港に着き、ターミナルの南ウィングにあるタイ航空のカウンターでチェックインを済ませた。搭乗口に向かう直前、山野井がカメラを持っている父親に言った。

「二人の写真を撮ってくれないかな」

父親は言われたとおりにシャッターを切ったが、どうして急にそんなことを言い出したのだろうと不思議に思った。これまで何度か成田空港に見送りにきていたが、そのようなことを言われたのは初めてだったからだ。

頼んだ山野井に深い理由はなかった。いつもは、搭乗間際《まぎわ》までやらなくてはならないことがある。重い登山用具を持っていかなくてはならない二人は、常に手荷物が重量オーバーになってしまう。だからといって高額な超過料金を支払うのはもったいなさすぎる。そこで、荷物の少なそうな旅行者に、自分たちの荷物の分を引き受けてもらえないかという交渉をするため、搭乗ギリギリの時間まで粘ることになる。ところが、今回は、ネパールへのトレッキングのツアーを組織している知人が客の荷物に紛れ込ませてくれたり、別の山に登ろうとしている知人が残りを運んでくれていたりして、その必要がなくなっていた。搭乗口に向かう直前の、ちょっとした時間の空白を埋めるために、何げなく「写真を撮って」と言ったにすぎなかったのだ。

しかし、山野井の両親は、滅多に口にしないその台詞《せりふ》を別の意味に取った。父親はいやなことを言うなと思い、母親はどうしてそんなことを言うのかと思った。二人にはその台詞は妙に不吉に聞こえたのだ。まるで「二人の遺影を撮っておいてくれ」とでも言われたかのように。

2

タイ航空機が成田を離陸したのは午後六時半であり、二時間の時差のあるバンコクに着いたのは午後十一時だった。そこでカトマンズ行きの飛行機に乗り継ぐのだが、出発までに十時間以上待たなくてはならない。

バンコクのドンムアン空港の税関を出た山野井と妙子は、出発ロビーの階段の下で、あちこちに散乱していた段ボールを集めて敷いただけの「臨時ベッド」で仮眠を取った。彼らは、構内に有料の仮眠室があることを知っていたが、一室五十ドルもするので利用したことがなかった。

二人は、とりわけ妙子は、筋金入りの倹約家だった。妙子には無駄な出費はしたくないという強い思いがある。それによって、かならずしも多くない収入にもかかわらず、登りたいと思う山にスポンサーなしで行くことができるのだ。奥多摩では、家賃二万五千円の古家に住み、妙子の実家から送ってもらった米を、古家に備えつけられていたカマドで炊《た》き、近くの山で採ってきた山菜を煮炊きするなどして食事にあまり金を使わない。衣服にもほとんど金をかけず、家具も必要最低限のものを、貰《もら》ったり安く譲り受けたりする。そうして節約した金で、山野井の登りたい山へ行かせることができる。だからこそ、無駄は省きたいと思っている。だがその倹約は、無意味な吝《りん》嗇《しょく》、ケチというのとは違っていた。たとえば、知人がどうしても必要としているカンパには、何の見返りがなくとも応じたりする。

空港ターミナルの階段下の寝所は、上り下りする人の足音が響き、ぐっすり眠るというわけにはいかなかったが、それでも手足を伸ばして横になれるだけで充分だった。困難なクライミングが始まれば、どのような寝方を強いられるかわからないのだ。

午前十時半、バンコクからカトマンズに向かうタイ航空機が飛び立った。午後一時、四時間ほどでカトマンズのトリブヴァン空港に着陸した。

トリブヴァン空港のターミナルは極めて小さく、出入国管理のカウンターで三十ドルを払ってビザの発給を受け、税関を通り抜けると、もう建物の外に出てしまう。

カトマンズには何度も来ている二人が、いつものように市内までのタクシーチケットを買っていると、コスモトレックの現地スタッフが声を掛けてきて、これからコスモトレックのオフィスに帰るところなので車に乗って行けばいい、と勧めてくれた。

コスモトレックのオフィスは、日本大使館やアメリカ大使館などが立ち並ぶ、ラジンパットという地区にあった。

オフィスに着くと、社長の大津二三子がいて、いつものように暖かい調子で出迎えてくれた。

大津二三子は、商社員だった夫についてカトマンズに来ただけの主婦だった。しかし、商社を辞めてコスモトレックを興《おこ》した夫に、別の事業に専心するため受け継ぐことを求められると、思いがけず能力を発揮することになった。その柔らかい物腰からは想像できない実務能力の高さによって、クライマーに絶大な信頼を得るようになったのだ。日本からヒマラヤ登山のためカトマンズにやってくるクライマーの多くが、コスモトレックを通して各種の許認可を取ったりシェルパの手配をしたりする。

その日、山野井と妙子は、オフィスから少し離れた高級住宅地に住んでいる大津の家に行った。元クライマーでもある二三子の夫の強い勧めにしたがって、ギャチュンカンに向かうまで泊めてもらうことにしたのだ。

二人がいつもカトマンズで泊まるのは、バックパッカーが多く集まるタメル地区の「リリー」という安宿だった。そして、その周辺の食堂でネパール人の好む「ダルバート」を食べて過ごす。ダルは豆のスープのことであり、ダルバートはそれに米飯と野菜の煮込みのつく定食である。二人には、その方が気楽なこともあって、コスモトレックの出迎えを断っていたのだが、まだその「リリー」にチェックインもしていない段階で、大津夫妻の「うちに泊まればいい」という誘いを断るのは悪いように思えた。

大津夫妻の家に泊まれば、潤沢《じゅんたく》に日本食が食べられるし、何かと便利である。しかし、大津宅では、酒が好きで人が好きな夫のおかげで、毎晩なんとなく宴会風になってしまう。カトマンズ在住の、山好きの日本人などを招いて会食をするのだが、山野井たちにはそれが少々苦痛でもある。二人とも酒を飲まないということもあったが、登山の前というのは、たとえ山に入る前とはいえ、どことなく緊張しているものなのだ。そういう時期に、酒食の席に出て陽気に振る舞ってみせるのは、決してできないことではなかったが、いささか気の重いことだった。いや、緊張ということで言えば、山に登るため家を出た瞬間から、たとえ道端に美しい花が咲いていても美しいとは思えなくなっている。美しい花が咲いているなとは思うのだが、その美しさを本当には感じられないのだ。それと同じように、大津宅の食事の席で、楽しい会話が弾み、それに対して「うん、うん」とうなずいていても、その中に心から入っていくことはできない。しかし、大津夫妻の自分たちに対する好意がわかるので、どうしたらいいか困惑してしまうことになるのだ。

山野井と妙子は、カトマンズに着いた翌日から、コスモトレックのオフィスでギャチュンカン登山の準備を始めた。とはいえ、たった二人の登山隊である。同行するシェルパもコックひとりだけである。必要な準備は、装備の点検と食料の買い出しとその荷詰めくらいであり、その大部分は同行することになったコックのギャルツェンがやってくれる。

厳密に言えば、二人の遠征にコックは必要ない。二人はどんな食事にも対応できる柔軟性があり、現地で手に入れられる食材を使って妙子が作るもので充分我慢できた。それに、二人だけなら、カトマンズから運ばなくてはならない荷物をさらに減らすことができる。しかし、途中でどうしても雇わざるをえないヤク使いの現地人とのコミュニケーションを取るために、彼らの言葉であるチベット語を話せる者が必要だった。

ギャルツェンはパスポートの名前をギャルツェン・シェルパという。文字通りシェルパ族の出身であり、流暢《りゆうちよう》に話せるのはシェルパ語とネパール語だが、シェルパ語と同系統のチベット語も五割くらいは理解できる。五割理解できればほとんど会話に不自由しない。しかもギャルツェンは、カタコトの日本語と英語を話すことができた。

山野井と妙子がギャルツェンと組むのはこれが初めてではない。四年前にマナスルに行ったときも同行してくれ、二人ともギャルツェンの穏やかでやさしい人柄が好きになった。

二人にただひとつ気になることがあったとすれば、そのマナスルでは雪崩《なだれ》に巻き込まれ、結局、敗退して帰ってきたということだった。この三人の組み合わせは「ついていない」のではないか？

もっとも、それは山野井にも妙子にもチラリとかすめた程度に過ぎなかった。そんなことをいちいち気にしていたら、ヒマラヤは登れなかったからだ。

ただ山野井には、自分たちの荷物を見たときにつぶやいたギャルツェンの悲しげな言葉が印象に残った。

「またトランシーバーを持ってこなかったんですね」

それについては、日本でも妙子とこんなことを言い合っていた。

「どうせ俺が遭難しても、妙子が救出できるわけでもないからトランシーバーはいらないな」

妙子なら登ってくることはできるかもしれない。しかし、絶対に助けられない。それは妙子だからというわけではなく、ギャチュンカンの壁で遭難した山野井を助けることなど、誰もできないということなのだ。

それに、トランシーバーは登る意識の集中を妨げる。妙子と一緒に暮らしはじめたばかりのころは、持っていったこともないではない。確かに、ベースキャンプで待つ妙子と交信することで気持は安らいだが、同時に妙な気掛かりが増えたような気がしてならなかった。それればかりでなく、できるかぎりの軽量化を計るアルパイン・スタイルの登山にとって、たとえ百グラムといえども削ることができるなら削った方がいいことは歴然としていた。だが、山野井が持っていかなかった最大の理由は別のところにあった。そうした文明の利器を携えていくことで、素のままの自分が山と対峙《たいじ》するという感じがなくなってしまうことを恐れたからだった。

しかし、ギャルツェンは、マナスルで二人が雪崩に遭ったとき、トランシーバーで連絡を受けられなかったため、自分が何もできなかったことを気に病んでいたのだ。

二日後、山野井と妙子は、ギャルツェンと一緒に、タメル地区のさらに奥にあるアサン・チョークの市場に買い出しに行った。

登攀《とうはん》時のフリーズドライの高地食は、アタックが二回できるだけの量を日本から持って来ていたので、基本的にはアタックまでの三十日ほどの三人分の食料を買えばよかった。

米の他に、タマネギ、ジャガイモ、ニンジン、ピーマン、ナス、キュウリなどの野菜、それにニンニクやショウガといった香辛料、ダルを作るためのレンズ豆などの豆類にソーセージやツナの缶詰……。さらにガスコンロ用の燃料のケロシンを買い、翌日からそれらを酒樽《さかだる》のような形をしたプラスチックの容器に詰めていった。傷《いた》まないように、卵は出発の前日、肉はチベットに入ってから買うことにした。

荷詰めはコスモトレックのオフィスの屋上で行われた。そこでは他の山に登る日本の遠征隊も荷物を詰めていた。それと比べると、二人の荷物は極端に少なかった。荷物を広げても屋上のほんの一角しか使わないで済む。しかし、それでも合計で三百キロくらいにはなった。

3

九月七日の早朝、山野井と妙子はカトマンズを出発することになった。

しかし、大津邸の前は道が細く、大型車は入れない。そこで二人はカトマンズ中心部の環状道路ともいうべきリングロードまで出て、ギャルツェンの乗った車を待つことになった。

午前五時半、バスを運搬用に改造した車が横づけされた。そこにはすでに荷物が積み込まれており、二人が乗り込むとすぐに国境に向けて走り出した。

荷物は、登攀具、靴、ロープ、寝袋、テント、衣服、食料などが入った酒樽型の容器が全部で九個。さほど大きな車は必要なかったが、人と荷物を一台で運ぶためにはバス型の車が便利だったのだろう。山野井には、ギャルツェンが車のドライバーと話してくれるため、よけいな気を使わないで済むのがありがたかった。

ネパールは、海への出口のまったくない山国であり、カトマンズは周囲を山に囲まれた盆地である。だから、どこに行くのにも坂を登ることが必要になる。とりわけ、七千メートルから八千メートルの山が連なるチベットとの国境地帯に向けては、一気に急坂を登っていかなくてはならない。

カトマンズの高度は海抜千三百メートルだが、海抜千四百メートル地点、千五百メートル地点と登っていくにつれて、沿道の棚田に実る稲の色が変わってくる。黄金色になっていたものが、緑色の混じった稲も出てくる。明らかに平均気温が低くなっていくのが見て取れるようになる。

海抜千六百メートル地点を過ぎると、道の横を流れる深い谷川の向こうの崖《がけ》に、細い糸を引くような滝が幾筋も見られるようになる。それと同時に、崖崩れのために無残に押し潰《つぶ》された集落が現れたりもする。

ネパール側の国境の町はコダリという。

そのコダリに近づくにつれて、国境を越える順番を待っているトラックが何十台と数珠《じゅず》繋《つな》ぎになっているのが見えてくる。

ネパールとチベットの国境を越える仕組みはかなり複雑である。二つの国は深い谷川によって区切られ、そこに「友誼橋《ゆうぎ》〈フレンドシップ・ブリッジ〉」と名づけられた橋が架かっている。

カトマンズから山野井たちと荷物を運んできてくれたバスは、ネパール側の国境事務所の手前で乗り捨てることになる。人は橋を歩いて渡らなければならず、荷物はギャルツェンが集めたコダリのネパール人によってチベット側に運ばれる。

橋の反対のチベット側には、チベット山岳協会が用意してくれた四輪駆動車と中型のトラックが待っている。四輪駆動車にはドライバーとリエゾン・オフィサーが乗っている。

外国の登山隊のためのリエゾン・オフィサーは、パキスタンでは軍隊の士官が務めることが多いため「連絡士官」と訳されるが、チベットではすべて非軍人であり、あえて訳すとすれば「連絡員」ということになる。リエゾン・オフィサーは、登山者が入山し、下山してこの友誼橋を渡ってネパール側に戻るまで、ずっとサポートしてくれることになっている。しかし彼らは、同時に、外国人である登山者の不審な行動をチェックする一種のお目付役を担《にな》ってもいるのだ。

友誼橋を渡ったところで荷物の積み込みを終えたトラックは、山野井たちを乗せた四輪駆動車と共に、急なつづら折りの坂道を一気に登っていく。高度差で百メートルほど登ると、ようやくチベット側の国境事務所に着く。

ネパールの国境事務所を通過したのは九時過ぎだが、チベットの国境事務所に着いたのは十一時半である。その坂道を登るのに二時間半もかかったというわけではなく、ネパールと、チベットの属する中国という二つの国にある二時間十五分もの時差のためである。広い中国が、地域による時差を設けず、全土を強引に北京《ペキン》時間に合わさせているため、東の北京から西に遠く離れているチベットでは、時間が現実の感覚と大きくずれてしまうことになる。この季節、ネパールの国境では夜明けは六時だが、そこと接しているチベットの国境では八時過ぎということになってしまうのだ。

チベット側の国境の町はザンムーというが、ネパール側のコダリより物が豊かに感じられる。それはこの果ての町にも、中国の経済的な発展の影響が及んでいることの結果のようだった。

国境事務所で簡単な手続きを済ますと、いよいよヒマラヤを目指して、海抜二千メートルから三千メートルの地帯を走る中尼公路を突き進むことになる。中尼公路、つまり中国と尼泊爾《ネパール》とを結ぶ国際道路というわけだ。

その中尼公路は、ネパールからチベットのラサをつなぐチベット最大の幹線道路である。国境からしばらくは、ネパール側と同じく、深い谷川の反対側の崖には緑が生い茂り、滝のような細い流れが見えているが、やがて道は大きな岩の転がる埃《ほこり》っぽい乾燥地帯に入っていく。

夕方、一行はニェラムという町に着いた。

ニェラムの高度は三千七百メートル、ほぼ富士山の山頂に等しいところにある。そこから先は、ヒマラヤ登山の中継地となっているティンリに着くまで、ほとんど町らしい町はなくなる。

宿はあらかじめチベット山岳協会が決めたところに泊まることになっている。古い建物の、暗く急な階段を上っていくと、湿っぽい布団《ふとん》が敷かれた木のベッドが三つ並んだだけの部屋がある。食事も決められており、向かいの食堂の二階で食べる。

その食堂で、ばったり旧知の日本人クライマーと会った。彼によれば、仲間と公募によるチョー・オユー登山隊、いわゆる公募隊を組織したのだという。山野井と妙子は、そこで公募隊登山の実情を聞いて驚いた。頂上まで固定ロープが張られていることは知っていたが、かなり下から酸素を吸いはじめ、頂上へのアタックでは酸素ボンベをシェルパにかついでもらい、そこからタコの足のような管を出してもらって吸うのだという。それは登山を楽しむ姿とは無縁のもののように思えた。もしかしたら、彼らは登頂したという事実だけがほしいのかもしれない……。

ニェラムは周囲を山に囲まれた谷あいの町であり、そのため九月初旬とはいえ、夜になるとかなり冷え込んでくる。

夜は、トラックに積んである荷物の盗難を恐れ、ギャルツェンがトラックの荷台に泊まり込んだ。いくら寝袋で寝ることに慣れているとはいえ、テントもない寒空での荷物番はつらかったらしく、翌朝会うと、「寒かったです、寒かったです」と何度も繰り返した。山野井はギャルツェンにそれほどの無理をさせるつもりはなかったが、この小さな遠征隊に強い責任感を持っているギャルツェンの、自発的な意志から行われたのだ。

その日は、高度順化をするため、ニェラムの町の東側にある丘のようになだらかな山に登った。

高度順化とは、体を高度に慣らすためのものである。

人は高いところに行くと肉体になんらかの変化を受ける。人によって差異はあるが、一般的には三千メートルを超えると異常をきたすようになる。ましてや、八千メートル前後の山に登るとなれば、間違いなく異常が出る。頭痛、吐き気による食欲の減退、思考能力の低下と運動能力の減少といった広義の高山病には誰でも悩まされるし、場合によっては肺に水がたまってしまう肺水腫《はいすいしゅ》や脳に水がたまる脳浮腫《のうふしゅ》によって死に至ることもある。それを少しでも軽くするため、徐々に高地に適応できる体にしていくのだ。四千メートルの山に登り、五千メートルの山に登り、六千メートルの山に登る。そうした登山を、自分の体力と最終的に登ろうとする山の高さとを勘案しながら繰り返す。

山野井と妙子の二人がニェラムで登ったのは、五千メートルほどの無名峰だった。その途中の四千七百メートル付近まで登って、降りてきた。頂《いただき》まで行かなかったのは、だらだらした長い距離を登らなくてはならない割に、高度を稼げそうになかったからだ。こうした順化行動にとって、最も大事なのは高度を経験するということだった。

ニェラムに入る前後から妙子の頭痛は始まっていたが、この日の順化行動でさらにひどくなった。吐き気と同時に顔にもむくみが出るようになった。

もともと妙子は高度に弱いタイプのクライマーだった。順化に時間がかかり、あるていど順化しても七千メートルを超えるとほとんど食物を受けつけなくなる。無理に食べても吐いてしまうのだ。そうした状態が歳《とし》を取るにつれてさらにひどくなってきていた。

クライマーにとって高度に対する強さや弱さはほとんど体質的なものであり、だから宿命的なものでもある。もし妙子が高度に強かったらとてつもないクライマーになっていただろう、と山野井は思うことがある。七、八千メートルの高峰で、何日も食物をとっていない妙子が、並の男性クライマーなどとうてい及ばないような力強いクライミングをする。

妙子はかなり弱い方だったが、山野井は逆に珍しいほど高度に強かった。まったく順化行動を必要としないというわけではないが、人よりかなり早く順化できるのだ。

二泊して、ニェラムを出発した。

山あいに一本の道が続いている。河沿いの崖を走り抜けると、両側に砂漠のような荒れ地が続くようになる。ほとんど車の通行はないが、たまに埃を巻き上げてやって来る対向車とすれ違うと、しばらくは窓を開けていられないほどの砂ぼこりの中を走らなくてはならない。

道の高度は海抜四千五百メートルから五千メートルまでに達する。そこはもうヨーロッパ・アルプスの高峰群の山頂より高いところだ。空気の薄さが少しずつ体感できてくるようになる。

その最高到達点である五千百メートルのヤルレ・シュンラ峠からは、ヒマラヤの高峰群を広い角度で見渡すことができる。

そこを過ぎるといくらか下りになる。依然として集落らしい集落は稀《まれ》だが、草原に放牧されているヤクや羊を頻繁に見かけるようになる。そして、右手にふたたびヒマラヤの白い高峰群が見えるようになり、道沿いに露店が立ち並ぶ小さな町が現れると、そこがティンリである。

チベット山岳協会によって決められた宿に車を止めてから、山野井と妙子は町はずれの河にかかる小さな橋に向かった。そこからはエヴェレストが見えるのだ。そして、間違いなく、エヴェレストの右隣に、写真で見つづけてきたギャチュンカンがあった。遠くて壁の状態まではわからないが、全体が灰色がかって見える。それは岩が露出していることを意味していた。

「雪が少ないな」

山野井は傍らに立っている妙子に言った。

モンスーン期間中の六、七、八月で雪は最大限に積もることになる。それがモンスーン明けの九月から減りはじめる。もしかしたら、モンスーンが早く明けてしまったのかもしれない。

山野井は基本的には切り立った垂直の岩壁を登るのが好きだが、アルパイン・スタイルの登攀には雪があった方が登りやすい。ロープを使うより、両手にピッケルとアイスバイルを持って突き刺しながら登る、いわゆるダブルアックスの登攀の方がスピードが出るのだ。

チベットに入ってからは好天が続いている。早くベースキャンプに行かないと雪が減ってしまう。早く行って、早く登りたいという気持が生まれた。山野井に、逸《はや》る気持、焦《あせ》る気持が少し生まれた。

4

ティンリで一泊した山野井たちを乗せた四輪駆動車とトラックは、中尼公路から別れて枝道に入り、ロンブクに向かった。ロンブクはチベット側からのエヴェレスト登山における基地的な役割を担っている町である。

そのロンブクで、荷物を積んだトラックをいったん停め、そこから先の様子を見るため四輪駆動車でエヴェレストのベースキャンプに向かった。

しかし、ベースキャンプに到着した一行に大きな問題が待ち構えていた。

山野井は、モンスーン前にエヴェレストに登った学生から、ロンブクからエヴェレストのベースキャンプを経由して、ギャチュンカンの北東壁の近くに回り込むように行けるようだ、という情報を得ていた。しかし、リエゾン・オフィサーは絶対に無理だと言う。エヴェレストのベースキャンプからギャチュンカンに行くまでの道が塞《ふさ》がっていて、ヤクで荷物を運ぶことなどできないというのだ。しかし、それが不可能となると、ギャチュンカン氷河から流れ出ている河を遡行《そこう》して、北壁に向かわなくてはならなくなる。かなりの距離のキャラバンを余儀なくされるだけでなく、どこまでギャチュンカンに接近できるかわからない。あるていど接近できたとしても、目指す北東壁に取り付くためにはさらに大きく回り込まなくてはならない。万一、遠いところにベースキャンプを設営せざるを得なければ、高度順化にも、アタックにも余計な労力を使わなくてはならなくなる。

「行けるはずだ！」

「いや、行けない！」

山野井は、リエゾン・オフィサーと、言い争いに近い言葉のやり取りをした。

ギャチュンカンに続くあたりを眺め渡したところ、なんとか行けそうに見える。自分だけでも見に行かせてほしいと思ったが、途中の道が崩れていて絶対に行けないとリエゾン・オフィサーは言う。そこでさまざまな隊についているチベット人の意見を聞いてみると、やはりエヴェレストのベースキャンプからギャチュンカンの北東壁の下に出ることはできないという。

仕方なく、山野井は、ギャチュンカン氷河を遡行して、北壁側に出ることにした。

一行はエヴェレストのベースキャンプからロンブクに戻り、さらにトラックと共に来た道を少し戻った。エヴェレストのロンブク氷河から流れ出した河と、ギャチュンカン氷河から流れ出している河とが合流するあたりで、ヤクを待つことになったのだ。

荷物を谷底のような河原に下ろすと、リエゾン・オフィサーと運転手はロンブクに向かって走り去り、山野井と妙子とギャルツェンの三人でテントを張ることになった。ここから先は道らしい道がなくなる。荷物は、ギャチュンカン氷河から流れ出している河沿いの道なき道を、ヤクにのせて運ばざるをえない。ヤクが到着するまで、しばらく待たなくてはならなかった。

予定外の成り行きに、山野井がいくらか気落ちしていると、ギャルツェンが気持を引き立てるように明るく言った。

「ここが山野井さんの最初のキャンプですね」

三人は、高い崖の陰になる冷たい河原でテントを立てた。


翌日も快晴だった。山野井は、好天続きに早く登りたいと逸る気持を抑え、妙子と近くの山で高度順化をはかることにした。

キャンプ地の対岸に五千三百メートルほどの山があった。

そこに登ると、ギャチュンカンがよく見えた。北東壁は斜めにしか見えなかったが、北壁は正面に見えた。あらためて眺めると、ギャチュンカンはいい山であり、北壁はいい壁だった。

河原にキャンプを張って三日目もよく晴れた。

この日は別の山を五千五百メートルまで登ったが、その途中で十数頭の鹿《しか》の群れを見た。二人ともチベット側のヒマラヤで鹿の群れを見るのは初めてだった。

テントに戻って、山野井はいくらか自分が疲れているのに意外な感じを受けた。このていどの高さで、このていどの順化行動で、このように疲労することなど、あまり経験したことはなかった。どうしたというのだろう。

そしてもうひとつ驚いたことに、テントの周りを一匹の牡犬《おすいぬ》がうろついている。どこから来たかわからなかったが、ひどく老いていることはわかった。歯がだいぶ抜け落ちていたからだ。

肉の切れ端やビスケットをあげたが、あまり食欲もなく元気そうではなかった。昔は羊を追っていたのかな、と山野井は思った。もう役に立たなくなり、邪険に扱われるようになってしまったのだろうか……。

リエゾン・オフィサーによれば、この日までにはヤクが来るということだったが、キャンプ地に到着したのは夜もだいぶ遅くなってからだった。

三人が九頭のヤクを連れてきた。約束どおり、ひとりにつき三頭の計算になる。ヤク使いの二人は成人の男性だったが、もうひとりは十歳そこそこの女の子だった。最初は、どちらかの男の子供だと思っていたが、そうではなかった。父親が死んだため、その女の子が自分の家のヤクを連れてきていたのだ。気になったのは、常に咳《せき》をしていることだった。この高地の乾燥した寒さのせいかもしれなかった。

ギャルツェンが急いで食事を作り、三人に食べさせたが、少女はあまり食べなかった。

翌朝、山野井がいよいよキャラバンだと勇んでいると、少女のヤクが二頭いなくなっている。男たちが探しに行ったがついに見つからなかった。餌《えさ》となる草が少ないのに嫌気がさし、来た道を戻って村に帰ってしまったということのようだった。

残った七頭のヤクになんとか荷物を積み、ギャチュンカン氷河に向かって出発した。少女は、まったく荷物の積み込みはできなかったが、ヤクが言うことを聞かないと、握りこぶしほどの石を正確に鼻の横にぶつけて言うことを聞かせた。ヤクはウシ科の動物であり、ふだんはおとなしくて言うことをよく聞くが、動きたくないとなると、梃子《てこ》でも動かなくなる。山野井は、その少女の鮮やかな手並を見て、思わず声を掛けたくなってしまった。

「お嬢ちゃん、やるじゃない」

そうしたヤクとヤク使いを見ながら、山野井はなんとなく「申し訳ないな」と思ったりした。自分たちは好きな山に登るために彼らを使っている。あえていえば、遊びのために厳しい労働を強いている。もちろん、それに対する正当な対価を払っているのだから当然だと思えればいいのだが、山野井にはそう単純に思い切ることはできなかった。

一方、妙子はこう感じていた。都会はいやだし、人間との付き合いはそんなに好きではない。しかし、人間もこのように自然に近いところにいる人となると、付き合うのも楽になる。それにまた、動物好きの妙子には、ヤクが一緒のキャラバンは面倒なこと以上に楽しみがあった。

氷河から流れてきた河の水は、周囲の粘土質の土を溶かしているためか、少し濁った翡翠《ひすい》色《いろ》をしている。一行は、その河に沿って歩いていった。人間だけなら険しい丘を越える近道もありそうだったが、それではヤクが歩けない。

ふと気がつくと、あの老いた犬が一緒についてくる。

山野井は、もしかしたら、これがこの老いた犬にとって最後の旅になるかもしれないと思い、いい旅になってくれればいいのだがとも思った。

八時間後、きれいな水の流れているところでテントを張ることにした。山野井は、ギャチュンカンの姿がさほど大きくなっていないのを見て、一日かけてまだこんなところまでしか来ることができないのかとがっかりした。

妙子は少女に食事を食べさせてやりたいと思ったが、あまり欲しがらなかった。それは遠慮ではなく、慣れない食べ物に対する拒否感が強いためのようだった。少女は、チベット人が常食する小麦粉の練り物であるツァンパとバター茶だけで満足のようだった。おやつもビスケットは喜んで食べたが、チョコレートはおいしくないと食べなかった。ビスケットはそれに類する食べ物があるが、チョコレートはまったく初めての味だったらしいのだ。

ギャルツェンに通訳をしてもらって、ヤク使いの男たちにギャチュンカンについて訊《たず》ねた。すると、彼らは、ギャチュンカンという言葉を口にするたびに、怖い、怖いという仕草をした。

次の日の朝、八時に起き、出発の用意が整ったところで、ヤク使いが、放してあるヤクを探しに行った。ところが、一頭いなくなっているという。結局、下流の草地にいたのだが、それを連れ戻すのに時間を食ってしまった。

前の日に二頭いなくなったおかげで、どうしても過重な荷物を背負わされるヤクが出てくる。そうしたヤクの中にはヤク使いの言うことを聞かず、荷物を振り落とすものまで出てきた。そのせいでさらに時間が遅れ、出発できたときには正午を過ぎていた。

途中までは家畜を放牧するために踏み固められたような道があったが、やがて小さな岩が転がるだけの河原になる。その岩のあいだを縫って歩いていくのだが、ヤクは道が悪いとへっぴり腰になったまま動かなくなる。ヤクが立ち往生すると、みんなで邪魔な岩をどかして道を作ってやらなければならなかった。場所によっては、山野井と妙子がヤクの通りやすそうなところを探すために先行し、ちょっとしたルートを見つけては「こっち、こっち」とやったりもした。

翌朝、またヤクがいなくなっていた。

男たちはまた探しに行き、出発の時間はどんどん遅れてしまった。ギャルツェンは、どうせ昼まで戻ってこないだろうからと、ひとり先行してベースキャンプにふさわしい場所を探しにいってくれた。

ギャルツェンの言葉どおり、ヤクは草を求めてだいぶ下まで行っており、ヤク使いがヤクを連れて帰ってきたのは昼過ぎだった。すでに戻ってきていたギャルツェンがヤク使いたちに食事をさせ、三時近くになってやっと出発することができた。

一時間半後、ギャルツェンの案内でベースキャンプになりそうなところに着いた。高度は約五千五百メートル。しかし、そこはあまりにもギャチュンカンまで遠すぎた。正面にある北壁までも遠く、その左手にある北東壁にはなお遠い。北東壁の登り口、いわゆる取り付きに行くまでに優に一日はかかるだろう。もしそこから登りはじめるとしたら、その取り付きで二日は休養を取る必要がある。

――アタックをかけるのに不利な場所だな。

山野井は思ったが、それでもそこをベースキャンプにしないわけにはいかなかった。そこから先はとてもヤクが歩けそうになかったからだ。

ティンリを出発して六日目、ギャチュンカン氷河に向かってキャラバンを始めて三日目に、ようやくベースキャンプを設営することになった。

ヤクの背から荷物を下ろすと、ヤク使いたちはすぐに帰っていった。だが、老いた犬は帰らずにそこに残った。二人はなんとなく嬉《うれ》しくなった。そして、その犬に「ポチ」という名前をつけることにした。

第三章　彼らの山

1

山野井も妙子も小さいころから動物が大好きだった。

妙子はその動物好きが高じて、大学進学に際しては生物学科を選ぼうとしたこともあるくらいだった。もっとも、これは生物学科のある国立大学を受験して落ちることで挫折《ざせつ》してしまった。いまは頻繁に国の内外の山や岩場に出掛けるという生活を続けているため動物を飼うことはできない。しかし、万一山に登れないなどということになったら、犬や猫をたくさん飼うことになるだろうと思っている。

山野井は小さいころから生きているものなら何でも好きだったが、とりわけ昆虫が大好きだった。それはいまでも変わらない。

たとえば、山野井と妙子には互いの死に際してひとつの取り決めがある。どちらかが先に死ぬようなことがあったら、墓など立てる必要はないから家の庭に互いに好きな木を一本植えよう、というものだ。山野井が植えてくれと頼んでいるのはクヌギの木である。クヌギにはカブトムシやクワガタがたくさん集まるからというのがその理由だった。

昆虫好きではあったが、少年時代の山野井が特に変わっている子だったということはなかった。両親と四つ年上の姉との四人家族の末っ子として、とりたてて変わったところのない、あえていえば平凡な小学生生活を送っていた。

父親は新聞社の印刷部門で働くサラリーマンであり、のちに労働組合の専従として書記長を務めることになるが、山野井になにか特別な教育を施したということもない。当初は東京小金井の公団住宅に住んでいたが、山野井が四歳のころに千葉市の郊外に建て売り住宅を買って移り住んだ。母親は、子供のころの山野井がいくらか小柄でひ弱だったため、水泳を習わせたり、剣道に通わせたりした。しかし、山野井は、友人たちと一緒に練習場に通い、一緒に仲よく遊びながら、何をしていても心がそこにないことを感じていた。幼くて適当な言葉はわからなかったが、どこか満たされていない自分を感じていたのだ。

——みんなはこんなことが本当に面白いのだろうか？

その山野井にひとつだけ明らかに変わっている点があったとしたら、それは危険というものに対する感覚だった。

よく高いところから飛び降りたり、高いところにぶら下がったりしていた。そうすると友達が驚くのが面白かったこともあるが、素朴にあそこから飛び降りたら気持ちいいだろうなという思いが湧《わ》き起こってしまうのだ。

それは単に高いところに限らなかった。

たとえば、ＪＲ、かつての国鉄の線路を長い貨車がゆっくり走っている。それを踏切の手前で眺めていると、しだいにひとつのことがわかってくる。もし自分がこの踏切をくぐり抜け、素早く貨車の車輪と車輪のあいだを走り抜ければ、向こう側に渡ることができるタイミングがある。しかし、それはあまりにも危険すぎる。そこで幼いながらに葛藤《かっとう》する。絶対に向こう側に渡れるのに、それがわかっているのに、どうして自分はできないのだろう。やってしまえば、そしてやることができれば、すごく満足感を得られると思うのに、やはりできないのはどうしてだろう。自分に勇気がないからだろうか……。

そうした感情を持て余していた山野井が、ある日、自分の奇妙な情熱に明確な方向性を与えてくれるものに遭遇する。

それは山野井が小学五年生、十一歳のときのことだった。テレビで不思議な劇映画を放送していた。

垂直の岩壁を二人の男がロープをつなぎあって高みを目指して登っている。やがてそのうちに争いが起き、共に宙づりになってしまう。しかし、最後は年老いた男が若い男を救うために自らロープを切って白い氷河に落ちていく……。

それは、ジャック・エルトーが監督した『モンブランへの挽歌《ばんか》』というフランスの劇映画だった。山野井には、そのストーリーより、その結末より、垂直の岩壁を攀《よ》じ登っている男たちの姿が鮮やかに眼に飛び込んできたのだ。

これだ、と山野井は思った。自分がしたかったのはこれだったのだ。山野井は興奮を抑え切れず、近くの土手に行き、その石垣を登りはじめた。そして思った。山に行きたい、と。

その望みを叶《かな》えてくれたのは、母方の叔父だった。司法試験の勉強中だったその叔父が、十一歳の甥《おい》の山野井を、南アルプスの北岳に連れて行ってくれたのだ。山頂の小屋で一泊する二日の山行だった。その登山道を、まったく疲れた様子もなく、嬉々《きき》として歩いている十一歳の山野井を見て、一緒になった大人たちが「君、すごいね」とほめてくれた。それがとても嬉《うれ》しかったが、山野井はどこかで物足りなさを感じていた。

——ここは、あのテレビのような崖《がけ》じゃない……。

しかし、それ以後、叔父の住んでいる東京世田谷の経堂に泊まっては、一緒に山に連れていってもらうようになる。

山野井は、その叔父がひとり暮らしをしている部屋が好きだった。飯を炊《た》き、塩鮭《しおざけ》を焼き、それをさっと出して「食え」と言う。それを食べ終えると、「皿、洗っとけ」と命じられる。そんな風に大人として扱ってくれるのが嬉しかったのだ。

幸運だったのは、その叔父が子供の遊ばせ方を知っている稀《まれ》な大人だったということである。山道を歩いていて、カーブする道に出くわす。すると、叔父がこう言う。

「真っすぐ行きたかったら、道を外れてもいいんだぞ」

あるいは、雨が降ってくると、雨合羽《あまがっぱ》を脱ぎながら言う。

「雨に濡《ぬ》れるのも気持がいいもんだぞ」

そうした叔父によって、山野井は山での楽しみ方は自分で決めていいものなのだと理解する。

のちには友達も一緒に連れていってもらうようになるが、叔父は成長した山野井にこう言うことになる。

「他の子と違って、山に行って君がつらそうな顔をするのを見たことがない」

実際、どんな山に行っても楽しいばかりで、苦しいと思ったことがなかった。

家でも学校でも山のことが頭を離れなくなった。朝から晩まで山のことを考えて飽きなかった。図書館に行って、山の本を読むようになった。子供向けの登山の手引き書を読むと、その中にこういう一節があった。

《酸素ボンベを使わずエベレスト山頂を登った人間はいません》

そのとき、どうして、みんなやらないのだろう、と不思議に思った。誰もやらないならやってみたらいいのに。だから、小学校の卒業文集には、将来の夢として「無酸素でエベレストに登る」と記した。


中学生になると、叔父や友人と尾根歩きをするだけでなく、ひとりで岩登りをするようになった。垂直の岩壁を登るという憧《あこが》れの行為を、実際にやってみたいという思いが抑え切れなくなったのだ。しかし、誰に登り方を教わったというわけでもなかった。安全を確保するためのロープの使い方も知らず、ヘルメットもクライミング用のものなど買う金がない。近くの工事現場からくすねたものを持参し、奥武蔵《むさし》にある日和田山に行き、ロープによる確保もしないまま、見よう見真似《みまね》で岩を攀じ登りはじめたのだ。それはフリー・ソロと言い、クライミングの中でも最も危険な登り方だったが、山野井にはそれしか登る方法がなかった。

そして、中学三年のとき、千葉の鋸山《のこぎりやま》に行き、たったひとりで登っていて、十メートルほどのところから墜落してしまう。登るルートに行き詰まり、飛び移った岩がはがれ落ち、それを抱えたまま落下してしまったのだ。背中を激しく打ち、胸を石に圧迫され、息ができなくなった。息ができないということはこんなに苦しいことなのかと初めて知ったが、しばらくしてようやく息ができたときはこれで死ななくてすむと思った。

それまで、高校受験の勉強もせず山にかまけていた山野井に対し、父親は何も言わなかった。しかし、全身から血を流して家に帰ってきた山野井を見て、初めて叱《しか》りつけた。

「そんな危険なことはもうやめろ!」

山野井は即座にどなり返した。

「いやだ!」

それから取っ組み合いの大騒ぎになった。山野井は台所に走り、包丁を持ち出し、腹に刃を当てて叫んだ。

「俺にクライミングをやめさせるなら、これを刺して死んでやる！」

すると、父親が言った。

「それなら刺してみろ。ここで見ていてやるから」

山野井はほんの少し刺してみたが、あっ痛いと思ってやめた。

母親が間に入り、その場はどうにか収拾されたが、しばらくして父親が妥協案を持ち出した。わからないままひとりでやっていては危ない。きちんとした登山クラブに入って教えてもらうなら続けてもいい。

喜んだ山野井は、山岳雑誌に出ている登山クラブに片端から電話を掛けたが、さすがに中学生の少年を入会させてくれるクラブはなかった。電話を掛けても掛けても断られつづけた。しかし、その熱心な姿を見て、父親は「これほど好きなのだから」とひそかに受け入れる心構えをするようになった。そして、ついに、条件付きで入会を許可するというクラブが現れた。事故があっても責任を問わないこと、まず最初に保護者と一緒に来てその承諾書を提出すること。そこで、父親は山野井を同道して、クラブの例会が行われている東京お茶の水の喫茶店に赴くことになった。

その数日前から、山野井は家のベランダに出て、顔を焼きつづけた。当時、色白だった山野井は、クライマーは日に焼けていなくてはならないという幼い思い込みがあり、大人たちに馬鹿《ばか》にされないように色を黒くしようとしたのだ。

いずれにしても、そこから山野井のクライミング人生は始まった。そのクラブでクライミングのイロハを教わったからというのではない。クラブのメンバーは中学生の子供を相手にはしてくれなかったが、山にすべてを注ぎ込む大義名分を得ることができたからだ。

以後、山野井は岩登り、ロック・クライミングに熱中していく。山に登ることは基本的にすべて好きだったが、空間に自分の体を躍らせるようにして登るのが、より好きだったからだ。

それまで未分化だった日本のロック・クライミングは、その頃から、ゲレンデと呼ばれる岩場で岩登りそのものを楽しむフリー・クライミングと、山においてさらに高みに達するための手段として岩登りをするアルパイン・クライミングとに分化していく。

高校生になった山野井は、主としてアルパイン・クライミングをしていた。クラブの先輩に連れられたり、高校の友達を誘っていくこともあったが、基本的にはひとりで谷川岳を中心に穂高《ほだか》や剱岳《つるぎだけ》などの難しいルートをひたすらクライミングした。費用は新聞配達で稼ぎ、親にはまったく迷惑を掛けなかった。

週末は、いつも生きるか死ぬかというような、際《きわ》どいクライミングをしていた。だから、学校で授業を受けながら、ぼんやりとこんなことを考えていることがあった。

――来週は、生きてここに座っていられるかな……。

十七歳のときには、山岳雑誌の「短信欄」に、自分の登ったルートが記されるまでになった。

しかし、やがてアルパイン・クライミングからフリー・クライミングに興味が移るようになる。初めて伊豆《いず》の城ヶ崎《じようがさき》海岸の岩壁でフリー・クライミングをしたことがきっかけだった。より高度なクライミング技術を必要とするフリー・クライミングには、ゲーム的な面白さがあった。

フリー・クライミングでは、さまざまな岩壁に登れそうなルートを探して登りはじめる。ホールドと呼ばれる手の置き場や足の置き場を求め、時にはクラックという岩の割れ目を利用し、ムーブと呼ばれる体の移動のさせ方を考え、少しずつ岩壁を攀じ登っていく。もちろん、落下したときの危険を回避するために金具を打ち付け、そこから取ったロープによって安全は確保する。しかし、そうした登攀《とうはん》具は安全を確保するためのものであって、登ることそのものには使われない。フリー・クライミングにおいては、アルパイン・クライミングと違って、登るために使うことが許されるのは基本的には手と足だけなのだ。

そのようにして登り切れたとき、ルートを開拓したと言い、登った者はルート名をつけることが許される。山野井も、城ヶ崎海岸に「スコーピオン」、「ビッグマウンテン・ダイレクト」、「マリオネット」といったルートを切り拓《ひら》いた。

やがて、山野井はこのフリー・クライミングの技術を極めたいと思うようになる。それには、まずフリー・クライミングのメッカともいうべきアメリカのヨセミテに行くことだ。


山野井は、新聞配達のほかに成田空港で内装工事のアルバイトをして金を貯《た》め、高校を卒業するとすぐにアメリカに渡った。大学に行くことなど問題外だった。

当時、ヨセミテにはアメリカ全土からクライミング・バムと呼ばれる若者たちが集まりはじめていた。「バム」とは英語で「浮浪者、流れ者」を意味する。クライミング・バムとは、アルバイトのような仕事をしては金を貯め、金の続くかぎりクライミングをして暮らす生き方をしている者を指していたのだ。山野井もまた、クライミング・バムのひとりとなることを選んだ。

山野井は、ヨセミテとコロラドのあいだを移動して、フリー・クライミングに明け暮れる。金がなくなり、帰国してまたアルバイトをして、翌年ふたたびヨセミテに行く。山野井の目的はひとつ、フリー・クライミングの最高難度のルートを登り切りたいということだったが、早々に骨折をしてしまい、長い療養生活ののちに帰国を余儀なくされる。しかし、それでも諦《あきら》めず、またアルバイトをして金を貯め、二十一歳になった山野井は三度目のアメリカを目指す。

そのとき、高等専門学校を休学した十七歳の少年をパートナーとして伴い、日本を旅立った。そして、ついに「コズミック・デブリ」と名づけられた当時の最高難度のルートを登ることに成功する。ところが、その「コズミック・デブリ」を、十七歳の少年がいとも簡単に登ってしまったのだ。その少年は平山裕示《ゆうじ》といい、やがて日本のフリー・クライミングの世界で頂点を極めることになる天才だったが、山野井のショックは小さくなかった。ある意味で、自分の及ばない才能があることを知ったと言えた。

しかし、このことが、山野井を大きな世界に向かわせることになる。短いルートでクライミングの技術を練磨するというのではなく、さらに高みを目指す登攀に眼が向くようになったのだ。

やがて金がなくなると、こんどは日本に帰らず、ひとりロサンゼルスに行き、中華料理屋で不法労働をした。しばらくは、壊れかけた車の中に寝泊まりしてアパート代を倹約するという、まさにクライミング・バムそのものの生活を送った。そして、あるていどの金が貯まると、またヨセミテに向かい、こんどはエル・キャピタンという大岩壁にある長いルート「ラーキング・フィア」をソロで登り切る。

そこからヨーロッパに渡ってアルプスに向かった。グリンデルワルドに行き、アイガー北壁の最高難度のルートを冬季登攀しようとしたのだ。それは、あの十七歳の少年、平山裕示が、あるときぽつんとつぶやいた言葉が耳に残っていたからでもあった。

「山野井さん、僕らはもっと世界に眼を向けなければいけないんじゃないでしょうかね」

しかし、アイガー北壁に取りかかる前に、ドリューという大岩壁の西壁を登ってしまった。それはソロによる初登だったが、自分でも「なんでヨーロッパに来ても大岩壁なんだ」と思わないでもなかった。それは若い山野井に人の眼を気にするところがまだあったからだった。シャモニーに集まっていた日本人クライマーのあいだでは、エル・キャピタンの「ラーキング・フィア」を登った山野井の名は知れ渡っていた。

そのため、最初から冬のアルプスを登るための基礎になるような山に登るわけにはいかなかった。ドリューのようなところを「一発成功させてから」ゆっくりやりたかったのだ。だが、やがて興味は南米パタゴニアの山に移っていく。ギリシャのアテネでホテルの下働きをしながら金を貯め、いざ南米へというときに盗難に遭い、ついに日本に帰らざるをえなくなる。そのとき、日本を出て一年半が過ぎていた。

日本に帰った山野井は、親元を離れて暮らすようになった。アパートを借りてアルバイト的な仕事をし、それ以外のすべてを山に費やす。部屋には布団《ふとん》はなく、クライミング用の寝袋で代用する。登山道具だけを持って流れ歩く、というクライミング・バムの放浪風の生き方に酔っている部分があった。

その山野井が次の目標に選んだのは、北極圏にあるバフィン島のトール西壁だった。その氷のような壁にひとりで取り付き、七日間で登り切ると、次にパタゴニアのフィッツロイで冬季単独登攀の初登を狙《ねら》った。嵐《あらし》の荒れ狂う中、一年目は失敗するが、二年目には成功して、いよいよヒマラヤに眼を向けることができるようになった……。

2

妙子の旧姓は長尾と言い、滋賀県の琵琶《びわ》湖のほとりにある農家で生まれている。両親と二歳違いの弟と祖母との五人家族だった。

子供のころから、高いところが嫌いではなかった。仲のよい友達と小学校の校庭にある高い木に登り、枝に腰掛けてよく話をしていた。

学校から家までかなり離れていたので、放課後はいろいろなところを寄り道しながら一時間以上かけて帰った。小川の土手になっている木の実を食べたり、草の葉の汁を吸ったりしながら歩くのが好きだった。

家で勉強をしたことはまったくなかったが、成績がよかったので学校ではクラス委員をさせられた。しかし、自分から前に出て行って何かをやるのが嫌いだったので苦痛だった。中学の勉強では理数系が得意だった。歴史の時間は眠っていたが、生物の時間は楽しかった。体育は得意というほどではなかったが、体を動かすことは大好きだった。

学校ではおおむね幸せに過ごしていたが、家にひとつだけ問題があった。父親は人との関係をうまく築けないところがあった。農村特有の近隣との付き合いが好きではなく、家でも誰彼となく当たり散らした。酒を飲み、物を投げ、壊した。妙子は、のちに、そんな父親を、結婚などしないで山で炭でも焼いていたら幸せだったのではないかと思うようになる。

しかし、幼い妙子は父親が怖くて仕方がなかった。妙子の小さいころの望みは家出であり、早く大きくなって家を出たいということだった。

救いは祖母だった。父親が暴れると、祖母のところに避難する。

学校から帰ると、祖母のところに行く。祖母は、田圃《たんぼ》や畑の仕事に出ている母親の代わりにいっさいの家事を引き受けていたが、時には妙子も一緒に手伝ったりした。カマドでのごはんの炊《た》き方。山菜を採って料理すること。繕い物の仕方。ふとん綿の打ち直し方。そうしたことは自然と覚えてしまった。だから、小学校の家庭科で習うようなことは小さいころにとっくにできるようになっていた。

高校は進学校に入ったが、ここでもまったく勉強をしなかったので徐々に成績は落ちていった。

クラブ活動では、ただ体を動かしたいという理由だけでバスケットボール部に入った。練習には真面目《まじめ》に参加したが、やがて自分には向いていないということを悟るようになる。戦うこと、争うことが嫌いだったのだ。相手チームの選手に当たってボールを奪いにいくことはもちろん、味方チームの選手とポジション争いをすることも嫌だった。初めから団体競技に向いていなかったのだ。それでもバスケットボール部をやめなかったのは、なにごとも途中でやめるのがいやだという妙子の性格によった。

だが、このことは、妙子が女性クライマーとしては抜群の体力を持つことを大いに助けた。もともと大きくて頑丈な体つきをしていたが、真面目にトレーニングに参加していたことでさらに大きくなり筋肉質になった。

山との最初の出会いは、高校三年生のときの上高地だった。妙子には小学校時代によく一緒に木登りをしていた親しい友人がいたが、別の高校で山岳部に入っていた彼女に誘われたのだ。

二度目もやはりその友人が連れて行ってくれた。こんどは中央アルプスだった。友人は名古屋の大学に入っていたが、妙子は受験に失敗し、自動車販売会社で働いて学資を貯めているときだった。

中央アルプスへは、テントも持たず寝袋だけという軽い装備で行ったが、季節は十一月の初めで、すでにうっすらと雪が積もっていた。山に入った最初の日は避難小屋まで行くことができず、クマザサのあるところで寝袋に入って寝てしまった。二泊目は無人の小屋に泊まれたが、燃料などを持っていないため火をおこすにも時間がかかり、三泊目にようやく人のいる山小屋にたどり着くことができた。すでに客は誰もおらず、経営者の老夫婦に自分たちの行程を話すと、笑いながら言われてしまった。

「よく熊《くま》に襲われなかったね」

妙子にはその山行のすべてが面白かった。バスケットボールと違い、登山にはただ体を動かすという喜びだけがあった。誰かと戦う必要もなく、自分のペースで歩いていくことが許される。しかも、大好きな自然の中にいられる。こんなに気持のいいことはないと思った。

やがて、日本大学の文理学部物理学科に入学すると、すぐに山のサークルに入った。それは山歩きをするだけのサークルだったが、友人に誘われて鷹取《たかとり》山で岩登りをすると、その面白さに取りつかれ、すぐに社会人の山岳会に入ることにした。

以来、アルバイトをし、岩登りをし、授業に出るという日々を送るようになる。几《き》帳面《ちょうめん》な妙子は、アルバイト先ではどこでも重宝された。中目黒の一杯飲み屋ではおかみさんに部屋を与えてもらえたし、池袋のビニ本屋ではボーナスまで貰《もら》った。

大学三年のときに、このままずっと山に登っていこう、普通の就職をするのはやめようと決意する。まともな就職をしていたら何カ月もかかるような外国での登山はできなくなる。だからあえて教職課程も取らなかった。

妙子の母親は典型的な農村の女性だった。他人の眼が判断の基準になる。だから、妙子はその逆に、自分のやりたいことをやっていこうとしたのだ。当時はそのような言葉を知らなかったが、妙子もまたクライミング・バムとしての生き方を意志したと言える。

大学四年の夏、ヨーロッパのシャモニーに行き、モンブランに登った。大学を卒業した翌年も、アルバイトで稼いだ金でヨーロッパ・アルプスへ行き、さらにその翌年もマッキンリーからアルプスへ向かった。そして、この年に、グランドジョラス北壁ウォーカー側稜《そくりょう》を初めとする華麗な登攀を、夏から冬にかけて連続的に成功させることになるのだ。

やがて、名古屋の高山研究所というところの主宰者に見込まれ、「無酸素のアルパイン・スタイルでヒマラヤの八千メートル峰を登れるクライマー」を作るためのプロジェクトに参加することになる。一種のモルモットとなったのだ。部屋を与えられ、給料を支給され、ひたすらトレーニングに励む日々を送る。走ったり、泳いだり、自転車をこいだりしつづけた。それもまた、妙子の女性ばなれした体力を作るのに役立った。

妙子は、丸顔でいつもオカッパ頭をしている。女の子の金太郎というような子供を想像すると、それがそのまま大人になったような雰囲気を持っている。しかし、山の仲間からは結婚してほしいとプロポーズされることがよくあった。

山の仲間がつけた妙子のあだ名は「尻軽女《しりがる》」である。それは一般的な意味とは違い、文字通り尻が軽かったからである。山に行くと、疲労や高度障害によってどうしても動きが鈍くなる。しかし、妙子は、誰かが「あれを取って」と頼む前に、軽く腰を浮かせて持ってきてあげる。一事が万事だった。しかも、事務処理能力は高く、料理を含めた家事はすべてが上手ときている。まさに良妻賢母を望む男にはうってつけの存在に見えたのも無理はない。

しかし、妙子はプロポーズのすべてを断った。理由は極めて簡単だった。多くはいい人だったが、「この人ではない」と思ったからだ。

高山研究所は、ついにヒマラヤの八千メートル峰を登ることができないまま退所することになる。ただ、二回試みて二回敗退した八一二五メートルのナンガ・パルバートには心が残った。そして、いつか八千メートル峰に登りたいと思うようになっていった……。

3

山野井と妙子が知り合ったのは一九九〇年のことだった。山野井が翌年に予定されていたブロード・ピーク遠征の計画に参加したところから接触が始まった。

その橋渡しをしたのは小西浩文《ひろふみ》だった。フィッツロイから帰った山野井の眼は、ようやくヒマラヤの高峰に向きはじめていた。しかし、七、八千メートル級の高所登山についてはまったくわからないことだらけだった。そうした中、東京都山岳連盟の主催する高所登山研究会というものの存在を知り、出席した。そこで、世話人となっていた小西と知り合い、彼が副隊長を務めるブロード・ピーク遠征に誘われたのだ。妙子は、その隊のオリジナル・メンバーだった。

ヒマラヤでの経験を積むため、山野井はブロード・ピーク遠征に参加することを決める。そして、メンバーが定期的に会合している高田馬場の喫茶店に顔を出すようになった。

それが山野井と妙子が出会うきっかけだったが、妙子は山野井のことを以前から知っていた。妙子も高所登山研究会には出席していたが、そのとき、知り合いの女性クライマーが、仔鹿《こじか》のような眼をした華奢《きゃしゃ》な体つきの若者を指さして言った。

「次に死ぬのはあの子よ」

当時、ソロ・クライマーが次々と死んでいた。山岳雑誌をほとんど読まない妙子はよく知らなかったが、その若者はトールやフィッツロイをソロで登っている話題のソロ・クライマーだという。それが山野井だった。

その遠征隊の会計係を頼まれていた妙子は、新しいメンバーが入ることで、申請書を書き直したり、予算を組み直したりするのが面倒だなとは思っていた。だから、山野井の参加に積極的な賛意は示さなかった。

ところが、ある晩、小西と山野井が妙子のアパートの部屋にやって来た。小西は妙子の作った食事を平らげると寝てしまい、二人きりで話すことになってしまった。

山野井は子供のころから好きだった昆虫についてあれこれ話しつづけた。

幼稚園のころ、園児全員でクワガタを飼っていた。そのクワガタをどうしても自分で飼いたくなり、ある日、ポケットに入れて家に持って帰ろうとした。すると、友達のひとりに、ポケットにクワガタがいるだろう、と見とがめられてしまった。そんなのいないよ、と否定したが、ポケットの中ではクワガタがゴソゴソ動いている。そのときのクワガタの動きが、見とがめられて困った気持と一緒にいまでも記憶に残っている……。

妙子はそうした山野井の話を黙って聞きつづけた。妙子もまた生き物のことならどんな話でも好きだった。

そして、気がつくと、二人はメンバーの中で最も親しくなっていた。

それには山に対する考え方が似ているということもあった。二人とも山に対して登るということ以外に多くを求めていなかった。金も名誉も必要なかった。いい山に登れさえすればいい。とりわけ妙子はそれが徹底していた。

山野井は、妙子について、クライマーたちのあいだでこう囁《ささや》かれているのを耳にしたことがあった。グランドジョラスのウォーカー側稜の登攀《とうはん》では、パートナーの笠松美和子ばかりにスポットが当たっているが、本当に強かったのは長尾妙子の方だったらしい、と。しかし、実際に話してみると、当人はそんなことにまったく関心を抱いていなかった。そうしたことのひとつひとつが、山野井にはすばらしいことのように思えた。

だが、それ以上に山野井が妙子に惹《ひ》かれたのは、そのやさしさだった。妙子がなんとなく自分に好意を持ってくれているのはわかっていた。しかし、山野井が惹かれたのは自分にやさしくしてくれる妙子ではなかった。自分以外の人にやさしくしている妙子を見ているのが好きだったのだ。

実際に、カラコルムにある八〇四七メートルのブロード・ピークに行く段になると、二人で行動することが多くなった。一度など、こちらの方が絶対に合理的なルートだと判断し、二人で河を渡って先に着いていると、勝手な行動を取るなとみんなから非難されるということもあった。

ベースキャンプでは、二人でヨーロッパのアルプスの山の話をよくしていた。山野井は妙子と一緒にアイガーのような山に登りたいと思った。山野井にとって、山に一緒に登りたいということは、好きになったというのと同じことだった。

妙子もすぐに「この人だ」と思った。いつも一方的に話を聞いているだけだったが、この人とは「話が合う」と思ったからだ。

結局、このブロード・ピークの遠征隊は、酸素を使わなかったもののクライミング・スタイルは極地法を採用した。しかし、それが功を奏し、山野井と妙子を含めた五人が頂《いただき》に立つことになる。

二人をさらに近づけたのは、怪我《けが》だった。二人が同時に別々のところで重傷を負ってしまったのだ。

ブロード・ピークを登頂したあと、妙子はそのままひとりでカラコルムからネパール・ヒマラヤに向かい、別のメンバーと八四六三メートルのマカルーに挑戦した。無酸素での登頂には成功したが、下降の途中、八千百メートル付近で困難なビバークを強いられ、重度の凍傷を負ってしまう。その結果、手の指を第二関節から十本すべて失い、足の指は二本を残して八本すべて失い、顔は鼻の頭を失った。

もっとも、この鼻はのちに移植手術によって一部復元されることになる。髪の生《は》え際《ぎわ》に沿って額の皮に切れ目を入れ、そこに小さな風船を入れて、また縫い合わせる。それに少しずつ空気を入れて膨らませていく。そうやって何週間にもわたって額の皮膚を生きたまま伸ばしていくのだ。

おでこに牛乳瓶が一本くらい入るようになったある日、その額をまた切り開き、風船を取り去り、伸びた皮を一回ひねって内側を鼻の上にまとめてつける。そして、額の皮膚の内側と鼻の頭の皮膚がくっついたことが確認できたとき、眉間《みけん》のあたりでひねられている皮膚が切断される。

そのようにして、ようやく失われた鼻の頭の一部が取り戻されるのだ。しかし、言うまでもなく、それは一部に過ぎない。

日本に帰って病院に入院した妙子を、山野井が頻繁に見舞った。山野井は、妙子に指や鼻がなくなっていることなど、まったく意に介した風はなかった。盛んに、次に狙《ねら》っているガッシャブルムⅣ峰のことを話しつづけ、ベースキャンプにマネージャーとして来てくれるよう口説いた。

ところが、ある日を境に、その山野井がぱたっと来なくなってしまった。どうしてしまったのだろうと妙子が不思議に思っていると、見舞い客から情報を聞かされた。富士山で強力《ごうりき》をしているとき、落石の直撃を受けて左足を骨折してしまったのだという。

富士山頂にある気象庁の測候所では、夏場こそブルドーザーなどによる荷上げが可能だが、雪の深い冬場は人力によって荷上げをしなくてはならなくなる。そこで、山における荷上げの専門家とも言うべき強力の登場となるのだ。その仕事の口がかかったとき、山野井が喜んで引き受けたのは、なにより日当がよかったからである。しかも、クライミングの格好のトレーニングになる。山野井は、結局、十年以上も富士山の強力を続けることになるが、その一年目の怪我はかなりの重傷だった。

山野井は、頂上から降りる途中、転んでしまった。どうしてだろうと思い、下を見ると石が転がっていく。なるほど石に当たったのだなと思い、立ち上がろうとして立ち上がれないことに気がついた。左足を見ると、つま先と踵《かかと》が逆になっていた。

今度は、妙子が見舞う番だった。

そして、それから二人一緒に暮らすようになるまで半年もかからなかった。

4

山野井と妙子が暮らしはじめたのは、奥多摩にある廃屋のような一軒家だった。奥多摩にしたのは、どうせ部屋を借りるなら近くにクライミングのできる岩場のあるところにしよう、ということになったからである。

たまたま見つけることのできたその古家は、奥多摩の駅から奥多摩湖に向かう道路を、渓流に沿って下っていく細い脇道《わきみち》にあった。周囲に数軒の家は建っているが集落という規模ではない。家賃は最初三万円だったが、やがて二万五千円に値下げされた。

怪我から回復したばかりの二人は、その古家で何もないところから生活を始めた。

家具はほとんど友人や知人から貰ったり安く譲ってもらったもので間に合わせた。駅から遠いことや近くの岩場に行くために車は必需品だったが、これも知り合いに廃車同然のものを無料で貰い受けた。

それればかりでなく、すべてにおいて二人の生活はつつましいものだった。

収入は、山野井が冬場の富士山測候所でする強力と、妙子が御嶽《みたけ》山の宿坊でするパートだけである。しばらくして、登山用具のメーカーが、ほとんど大した義務のないアドバイザリー契約を結んでくれてだいぶ楽になったが、それでも決して多い額ではない。しかし、妙子には、あるだけの金額でどのようにでも暮らせる能力があった。

谷あいにあるその家は、冬になると二、三時間しか日が差さない。そのため、洗濯をすると大忙しになる。かろうじて日が差しているところに洗濯物を移動しつづけなくてはならないからだ。そんなとき妙子は、隣家のおばさんと一緒に走り回っているという感じになる。

家の周囲は雑木林である。鳥や小動物や虫といった訪問客はあとを絶たない。二人はそうしたものに対する好みも一致しており、虫が入ってきても、追い出しもせず、殺しもしない。だから、家にはいろいろな虫が住むようになった。タランチュラのような蜘蛛《くも》が棲《す》みつき、決まったコースで歩くようになった。障子を歩いていると、カシャカシャといい音を立てるので、お出ましだなとわかる。

そうした奥多摩での二人の生活は、周囲の老人たちにとっても興味深いものだったらしい。

山から帰ってきて、ロープを干していると、そんな紐《ひも》でどうするんだと訊《たず》ねてくる。あるいは、親しくなって、薪《まき》を結わえるのにでも使ってもらおうと不要になったロープをプレゼントすると、こんなに伸びる紐は使いにくいと言われてしまう。

しかし、やがてその老人たちが畑で作った野菜などを持ってきてくれるようになった。

山野井は妙子と暮らす前に不安を抱いていた。確かに妙子といることは楽しい。ずっと一緒にいたい。しかし、一緒に暮らすことはクライマーとしてマイナスになるのではないか。

それまでなら、冬の谷川岳に行くにしても、アパートの部屋を簡単に片付け、これで別に思い残すこともないなと見回して、電車に乗って行く。そんなことを毎週やっていたのに、心を残す人が家にひとり残っているというのはどうだろう。自分を心配してくれている人がいて、それは同時に自分が心配する人でもある。そういう人がいると、壁に向かってさらに一歩というときの、その一歩が踏み出せなくなるのではないだろうか。

実際に、暮らしはじめた最初のころはそれがあった。登りながら妙子のことを思い出している。そして、思い出している自分がいやだなと思ったりした。

逆に、山野井が待つ側になって心配したこともある。鹿島槍《かしまやり》の北壁を妙子が小西と登ったときだ。山野井は別のルートを登って降りてきていたが、二人は途中でビバークしてしまった。翌日二人がベースキャンプに帰ってくると、山野井が「遅すぎる！」と怒りまくった。小西が「休みたいといったのは僕だから」と謝った。だが、山野井には心配する対象を持ってしまったことが腹立たしかったのだ。

確かに、一緒に暮らすことで、心配され、心配することになった。しかし、暮らすようになる前と同じか、あるいはそれ以上に山のことだけを考えていればいい生活が送れるようになった。妙子が一種の防波堤のような役割を果たしてくれることになったのだ。

一日のうち、山や崖《がけ》に登っていなければ、ランニングをするなどのトレーニングをしているし、あとは古い山岳雑誌を引っ張り出してきて眼を通したり、写真を見ながらぼんやり山のことを考えている。夜は夜で、毒にも薬にもならないようなテレビを見て、アハハと笑っている以外は、やはり次に登る山のことを考えている。

二十代半ばまでの山野井にはアウトロー的な生き方に酔っているようなところがあった。家族や友人を捨て、あるいは逆に捨てられ、登山道具だけを持って生きている。そこに痺《しび》れるような陶酔感を抱いていた。それが妙子と暮らすようになって変化した。

妙子もまた、山野井と暮らすことで山だけの生活を送れることになった。

自分は何らかのかたちでずっと山に登る生活を送りたいと考えていたが、結婚してまで山に登りつづけられるとは思っていなかった。ところが、山野井と暮らすことで、山との関係が以前より深くなった。もし一緒に暮らすようにならなければ、山をやめるということはなかったにしても、一年のうちのほとんどを、山に行き、崖を登り、海外の山に向かうというようにして過ごす生活を送ることはなかったはずだった。

そしてまた、妙子は山野井と暮らすことで明らかにクライミングが上達した。手足の指を十八本失ったあとの方がクライマーとしての力量が増す、という奇跡的なことが起きた。それは、山野井に連れられてフリー・クライミングをするようになり、クライミングの技術のレベルが格段に上がったからである。

妙子は日本でトップクラスの女性クライマーであり、世界でも有数の女性クライマーである。いや、性を問わず、妙子以上のクライマーを探そうとしても、そう多くは見つからないだろう。その妙子が、こと山に関しては、山野井の能力に絶対的な信頼を置いている。だから山では山野井の判断に従う。妙子には、そうすることで山について多くのことを学ばせてもらっているという思いがある。妙子にとって山野井は教師でもあるのだ。

山野井はすべてにおいてとても慎重だった。

岩にビレー点、確保するための支点を作るのでも、そこに打ち込まれたハーケンが効いているかどうか徹底的に確認しなければ体を預けない。それは、ソロで登っているときの習性である。そうした作業をひとつでもミスをすれば死につながる。現実に、そうやって優秀な若いソロ・クライマーが何人も死んでいった。

妙子が山で明らかなミス・ジャッジをする山野井を見たのはただ一回だった。それは南アルプスの甲斐駒《かいこま》ヶ岳を知人と三人でロック・クライミングしているときだった。

あと五十メートルで崖の上に出られるというところで、その壁がそれ以上登れる状態にないことがわかった。岩がつるつるでルートがなくなっている。以前登った経験のある妙子は、無理だからやめようと言ったが、山野井は登れると頑強に主張し、ハーケンを打ちながら登っていった。そして、壁の最上部のかすかにオーバーハングしているところを乗り越えようとして、最後の態勢に入ろうとしたのだが、冬ということもあり、いろいろな装備を持っていたため、どうしてもどこかが引っ掛かってしまう。それを何度も繰り返しているうちに、懸垂ができなくなっていることがわかった。腕に乳酸がたまり、力が入らなくなり、体重を支え切れなくなった。「ああ、落ちる……」と思うと、まさにそのようにゆっくりと落ちていった。ハーケンも次々と抜け落ち、妙子の横も通り過ぎて、九十メートルくらい落下した。最終的に妙子が確保していたので打撲くらいですんだが、山野井のミスを見たのはそれ一回だけだった。

一緒に暮らしはじめて四年後に入籍をすることにした。理由は単純なものでその方が税金が安くなるからだった。

しかし、入籍、つまり結婚すると知って、それまで静観していた山野井の両親が行動を起こした。同棲《どうせい》ならともかく、結婚するなら妙子の家に挨拶《あいさつ》に行かなくてはならないというのだ。

そのこともあって、両親が千葉の都賀《つが》から初めて奥多摩の家にやって来た。

妙子についても山野井の父親も不安がないわけではなかった。九つ年上だということ。手の指がほとんどないということ。それを知ったうえで息子の嫁として迎え入れるのは勇気がいることだと思っていた。ところが、奥多摩の家を訪ねて、父親は一瞬にして妙子を「嫁」として受け入れてしまった。

その日、訪ねると、何もない殺風景な部屋に、作りかけの布団《ふとん》があった。妙子に訊ねると、最近、いろいろな人が泊まりにくるようになったので布団を作っているのだという。

そのとき、父親はこう思う。およそ、現代の日本で、布団を自分で作るなどという嫁がいるだろうか。それだけで宝物のような嫁ではあるまいか。

そこで山野井の両親は、すぐに妙子の実家に赴き、息子の嫁として貰《もら》い受けたいという挨拶に行ったのだ。

年齢について懸念《けねん》したのはむしろ妙子の実家、あえていえば心配性の母親だった。九つも年下の「婿《むこ》」とうまくやっていけるのだろうかと。

入籍しても、妙子の母親の心配の種は尽きなかった。娘の婿に定職がないこと、その婿が娘をしょっちゅう危険な山に連れていくこと……。

だから、山野井が妙子の母親から掛かってきた電話にうっかり出てしまうと、またあの子を危ない山に連れていこうとしているのね、と非難されることになる。それを妙子も望んでいるのだと言いたいが、言っても仕方のないことなので、口の中でもごもごするだけで終わってしまう。

ちょっとしたついでに滋賀県の妙子の実家に寄ることがある。家にいても何もすることがないのでジョギングをしようとすると、昼間からやめなさいと言われる。それなら散歩でもしようかと思うと、家でじっとしてなさいと言われてしまう。田舎では日中に走ったり散歩をしたりするような人はいないのだ。仕方なく家にいると、どこかにきちんと就職したら、というお説教が始まる。

あるとき、二人の「質素だけれど豊かな奥多摩暮らし」の様子が雑誌に載った。それを妙子が実家の母親に何冊かまとめて送った。自分たちの生活に不安を抱いているだろう親戚《しんせき》に見せたらどうかと思ったのだ。そこには、こんな風に紹介されているのだから心配しないでというメッセージが込められていたのだが、母親はこんなものは恥ずかしくて親戚に見せられないという。いまどきカマドで米を炊《た》いている家など田舎でもない。そんな生活をしているところを親戚に見せるわけにはいかないというのだ。都会の人間には「質素だけれど豊かな生活」と思われても、田舎の人にとっては単なる「貧しい生活」にすぎないのだ。

しかし、二人はその「貧しい生活」を楽しんで送っていた。もちろん、子供がいたらその生活がどうなったかはわからない。

山野井には妙子が子供好きだということはわかっていた。しかし、子供を持つことには恐れがあった。山のことだけを考えていられなくなるのではと思えたのだ。なんとなく棚上げにしているあいだに、九歳年上の妙子が出産には難しい年齢になってしまっていた。

5

山野井は妙子と一緒に登ったブロード・ピーク以後、着実にヒマラヤの高峰登山の経験を積み上げていった。

まず、ブロード・ピークの経験から山野井は二つのことを理解する。ひとつは、自分がヒマラヤの高所登山に向いているらしいこと。もうひとつは、しかし極地法による集団の登山には向いていないということ。その発見が、ソロのアルパイン・スタイルでヒマラヤの高峰を登っていきたいという強い思いにつながっていった。

山野井が基本的にソロのクライマーだということは、ブロード・ピークのためのトレーニングとして全員で白馬岳主稜《しゅりょう》に行ったとき、妙子にも強く感じられたことだった。雪が深く、ラッセルが必要なところを登るとき、先頭を行く山野井がとつぜん四つん這《ば》いになってしまった。四つん這いになると、体重が四点に分散されるので沈まなくなり、早く移動できるようになる。しかし、それでは、後続の人のためにはならない。足で踏み固めてくれたところをトレースするから助かるのだ。しかし、先頭の山野井が四つん這いで進んでしまったため、次の人も仕方なく四つん這いになり、結局全員が四つん這いになってぞろぞろついていったことがあった。それを見て、なるほど山野井は基本的にひとりで登ってきた人なのだな、と妙子はあらためて認識したのだ。

ブロード・ピークの次は、ヒマラヤでも有数の難しい壁である、七九二五メートルのガッシャブルムⅣ峰の東壁を登るつもりだった。しかし、富士山での骨折のため果たせなくなってしまった。一九九二年、そのかわりに選んだのが、六八一二メートルながら空に突き抜けるような山容を持つアマ・ダブラムの西壁であり、その冬季登攀《とうはん》の、しかもソロに成功する。それが山野井にとって、ヒマラヤにおける最初のソロだった。

そして一九九三年、いよいよガッシャブルムⅣ峰の東壁にソロで挑戦する。だが、七千メートル付近で天候の悪化に見舞われ敗退を余儀なくされる。ところが、その直後に、妙子たちが登っている八〇三四メートルのガッシャブルムII峰に合流すると、頂上を二度往復できるくらいの勢いで軽々と登ってしまう。

一九九四年、山野井と妙子は八二〇一メートルのチョー・オユーに挑戦するが、このクライミングは二人の登山人生におけるひとつのハイライトともいうべきものになった。山野井は、八千メートル峰のバリエーション・ルートをアルパイン・スタイルのソロで登った、世界で四人目のクライマーになり、妙子は、八千メートル峰のバリエーション・ルートをアルパイン・スタイルで女性だけのペアで登った、世界で最初のクライマーになったのだ。このときのチョー・オユーは、そうした「勲章」だけでなく、クライミング自体が満足のいくものだった。

その翌年は、レディース・フィンガーと呼ばれる美しい山を、山野井と妙子と友人の三人で登り、翌一九九六年に、いよいよ八四六三メートルのマカルーの西壁にソロで挑戦することになった。

それは、ついに山野井が夢見ていた「絶対の頂《いただき》」に挑むということだった。

かつて山野井は小学校の卒業文集に「無酸素でエベレストに登る」という夢を書き込んだことがあった。それは言葉を換えれば、最高の頂を最高の方法で登るということとだった。そして、エヴェレストが最高の頂ではなくなったいま、マカルー西壁がかつてのエヴェレストに匹敵する最高の頂、絶対の頂になっていたのだ。

それは、山野井だけのことではなかった。マカルーの西壁は、世界の先鋭なクライマーにとって、ヒマラヤに残された「最後の課題」だったのだ。

マカルーの西壁が常にクライマーの挑戦をはねのけてきたのは、八千メートル近い高所にオーバーハングした岩壁帯、つまりのしかかるように突き出た岩の部分があり、そこを乗り越えるのが極めて難しかったからである。しかも、かりに頂に到達したとしても、登ることで精根を使い果たした肉体が耐えられるような易しい下降路が存在しない。一九八一年、ポーランドのクルティカとイェジ・ククチカとイギリスのアレックス・マッキンタイアーという、当時もっとも力のあるクライマーとみなされていた三人がアタックしたが、その三人をしても七千八百メートルまで登るのがやっとだった。以来、マカルーの西壁は七千八百メートル以上登ることを誰にも許してこなかった。

山野井は、自分にもその「最後の課題」に挑戦する資格があると思った。そして、その世界における何人かの有資格者の中では、かなりのチャンスが自分にあると思っていた。

このとき、山野井は初めてのことをした。テレビ・クルーの同行を許可したのだ。資金的な援助が欲しかったのではない。最後の五百メートルを自分がどう登っているのか、ただそれを映像で見てみたいと思ったのだ。山野井は、山に登る前、映像として自分の登っている姿を思い浮かべる。しかし、イメージと実際はどう違うのか、それを映像で確かめてみたいと思ったのだ。

クライミングをスポーツとするなら、それは他のスポーツとは根本的に違うところがある、と山野井は思う。他のスポーツはその最もスリリングなところを人に見せられるが、クライミングはその核心部を見せることができない。そのクライミングの、最も素晴らしい瞬間を伝えることはできない。だから、その一端でも、映像で捉えることはできないものかと思ったのだ。

だが、二度のアタックはいずれも失敗に終わってしまった。一度目は、登りはじめたものの、天候の悪化を予測して撤退。実際、その直後から天気は崩れた。二度目は、それから三日後に試みられたが、七千三百メートル付近で頭部に落石を受けてしまう。ヘルメットをかぶっていたため、軽い鞭打《むちう》ち症状が出るくらいで済んだが、それを理由に敗退を受け入れることにした。

しかし、敗退の本当の理由は、頂上付近からのしかかるように迫ってくる圧倒的な壁に対面したとき、これは登れないと悟ってしまったことにあったのだ。

徹底的にロープを使い、何十キロもの重さになる荷物を背負って登るか、まったくロープを使わずフリー・ソロで素早く登るか。この壁を登るには、二つのうちひとつしか方法はなかった。だが、自分はいずれの方法を採ることもできない。それだけの体力もなければ技術もないからだ。それはマカルー西壁にはひとりでは登れないということだった。

自分には登れない壁があるということ、しかもいつか登りたいと思っていた「絶対の頂」に登れないということを思い知らされて、山野井は打ちのめされた。

山野井の内部には理想のクライマーが棲《す》んでいた。

かつて山野井は「最上のクライミング」というエッセイの中で、「理想の北壁」について書いたことがあった。その「理想の北壁」を登るのは「理想のクライマー」であり、自分はそれに少しずつ近づいているのではないかという思いがあった。しかし、それが幻想に過ぎないことを知らされてしまったのだ。

方向性を失い、迷走しはじめた。

一九九七年の秋、これもまたヒマラヤの難しい壁を選べば必ず十本の指に入ってくるに違いない、七一三四メートルのガウリシャンカール東壁にソロで挑戦したが敗退。しかし、翌年春には六三六七メートルのクスム・カングル東壁にソロで挑戦して初登に成功する。フリー・ソロで三十三時間、まったく眠らないで登りつづけるという目覚ましいクライミングだった。ところがその秋、マナスルの北西壁に妙子と挑戦して雪崩《なだれ》に遭い、敗退。また、どこに行ったらいいのかわからなくなってしまっていた。

まさに、そのような状況のときに、ヴォイテク・クルティィカから誘いを受けたのだ。三年に及ぶクルティィカとのクライミングは山野井に多くのことを教えてくれていた。とりわけ、クルティィカの人柄の素晴らしさはよく理解できた。生き方に確固としたスタイルを持っている大人で、老子の「道〈タオ〉」という概念を使って山を語ったりする哲学者でもあった。

結婚もしており、子供もいて、ポーランドでは比較的恵まれた生活をしている。しかし、彼の山への情熱は若いときとまったく変わっていないのだろうと思える。一度、ある山の壁が写った写真をじっと眺めているクルティィカを見たことがあったが、その眼つきには、山野井がたじろぐほどの熱がこもっていた。この人は本当に山に登りたいのだなと思った。

だが、クライミングを続けていくうちに、クルティカへの疑問も芽生えてきた。人柄に対する敬愛の念はまったく変わらなかったが、二年目からはほんの少しクライミングのスタイルに違和感を覚えるようになったのだ。

順化のために、これから登ろうとしている壁の途中まで行ってしまうこと、あるいはそこに「デポ」してしまうこと。それらは、純粋なアルパイン・スタイル観からすると微妙な問題点があるのではないかと思った。あるいは、無理してアタックをしないということが彼を死の縁から生還させつづけてきたことはわかるのだが、もう少し無理を承知で突っ込んでいってもいいのではないかと思うときもあった。それができないのには、クルティカの装備が重いということもあったかもしれない。用心深く、さまざまなものを持っていこうとするため、素早い動きができにくくなっている。

山野井には、どこかに、K2の東壁もラトックI峰の北壁も、自分ひとりだったらもっとやれたのではないかという思いがあった。山野井とクルティカの決定的な差異は、クライミングの基本がソロにあるか、少数のパーティーにあるかということだったかもしれない。クルティカは、気の合った少数の優秀なクライマーと登ることはあっても、決してソロでは登らなかった。

だから山野井は、ギャチュンカンに行くことになったとき、少しほっとするようなところもあったのだ。やっとひとりで登れそうだ、と。そして、このギャチュンカンは、久しぶりに現れた、ひとりで登りたい山だった……。

第四章　壁

1

ギャルツェンがギャチュンカンのベースキャンプの場所として選んだのは、テントが三つか四つは楽に設置でき、すぐ近くにきれいな水が流れている平らなところだった。

まず、料理を作ったり食事をするための紺色のキッチンテントを立て、その横に山野井と妙子の青いテントとギャルツェンの赤いテントを立てた。

そこはまた、以前にギャチュンカンを登ろうとしたスロヴェニア隊かアメリカ隊のベースキャンプとしても使われていた場所のようだった。残されていた缶などのゴミから判断すると、アメリカ隊のベースキャンプの可能性が強かった。そして、そこより一段高くなった台地には、その隊と一緒にやって来たシェルパが立てたものと思われるタルチョが色あせたまままたなびいていた。

タルチョとは、チベット人がさまざまな思いを込めてつける宗教的な旗の一種で、黄と赤と青と緑と白の五つの色の布に経文が記されている。黄は地を、赤は火を、青は水を、緑は風を、白は空を表すと言われている。つまり、それらは、世界を構成する五つの要素というわけだ。山野井たちのベースキャンプのためには、ギャルツェンがよい日を選んで、二日後に立ててくれた。そして、自分の金で買ってきた杉に似た葉を持つ小枝を燃やし、煙を空に高く立ち昇らせ、登山の安全を祈ってくれた。

ギャルツェンは、コックとして特別な能力を持っているというわけではなかったが、気持のやさしさと、なにより誠実さがあった。山野井には、その心の配り方がまるで日本人のようだと思えることがよくあった。

それとまた、日本の遠征隊につく機会が多いため、日本人の食べ物に対する嗜好《しこう》をかなり理解していた。もちろん、四年前のマナスル登山にも山野井たちに同行していたため、二人が食事に関してうるさく言わないことはよくわかっていたが。

登攀《とうはん》をしばらく先に控えたこのベースキャンプでは、生活の主眼が高度順化に置かれる。大部隊の極地法の登山では、前進キャンプの設営とそこへの荷上げが重要な作業になるが、アルパイン・スタイルではその二つが必要にならない。ベースキャンプから一気に頂上を目指し、短期間で戻ってくる。だから、荷物はベースキャンプから背負えるだけのもので勝負することになる。逆に言うと、極地法では前進キャンプへの荷上げが一種の順化行動になり得るが、アルパイン・スタイルでは順化のための順化行動が必要になってくるのだ。

ベースキャンプに着いた次の日は、樽状《たるじょう》の容器から食料や装備を取り出して整理をすることだけはしたが、基本的には休養をとることにした。

そしてベースキャンプを設営して三日目、いよいよ偵察に向かった。ギャチュンカンのさらに近くに行って山肌を見る必要があったからだ。

このベースキャンプが正対しているのは北壁だった。山野井が狙《ねら》っている北東壁を正面から見るためには、そこから東に、左右で言えば北壁に向かって左側に大きく迂《う》回《かい》しなくてはならない。最初の行動日であるこの日にそこまで行くつもりはなかったが、ルートの見極めだけはしておきたかった。

偵察には妙子も同行した。山野井は北東壁をソロで登るつもりでいたが、それが不可能な場合は妙子と北壁を登ることになるかもしれなかった。そのため、妙子も順化をしておく必要があったのだ。

ベースキャンプを出ると、小さな下りと上りがあり、そこからしばらくは長い下りが続く。もちろん道があるわけではない。道なき道を、少しでも歩きやすいところを選んで進んでいく。そこはモレーンと呼ばれる瓦礫《がれき》地帯で、氷河によって運ばれた大小さまざまな岩が転がり、きわめて歩きにくい。やがて左手に氷河から流れ出た水でできた氷河湖が見える。もっとも、五十メートルプールほどの大きさしかないから、湖というより水たまりと言った方がいいかもしれない。それを過ぎると上りになり、ベースキャンプを出てから二時間ほど過ぎたところで、氷河からの水の流れを横切ることになった。

途中、山野井と妙子は歩みを止めるといくつもケルンを積んでいった。手頃な大きさの石をいくつか積み上げ、小さな塔を作るのだ。

ケルンは、もういちど同じルートを取るときのための目印というより、むしろ帰りのときのためのものである。山における道は、背景になる風景の違いによって、まったく印象が変わってしまう。行きは前方に巨大な壁があり、それが目印になると思っていると、帰りはそれを背にするため、道の印象が激変してしまうことが少なくないのだ。そこで、ケルンは丹念に、多すぎるほど積んでいく。

途中、あそこがスロヴェニア隊のベースキャンプだったのではないかと思われるところがあった。もちろん、とうていヤクが歩いて来ることはできない。九人という隊の規模を生かし、ヤクの歩けないところは自分たちで運んだのかもしれなかった。

水の流れがあった地点からさらに二時間ほど上っていくと、白い氷河が見えてくる。実は、ベースキャンプの付近も氷河上であることに変わりはないのだが、山から崩れてきた岩石や土砂が堆積《たいせき》して、氷河を隠してしまっているのだ。しかし、ここからは氷河本来の氷と雪の世界になる。

山野井と妙子は、その白い氷河が始まる少し手前の地点で小休止した。そして、そこに転がっている岩の中で特徴的なものをひとつ選び、その岩陰に、ザックの中に入れてきたプラスチックブーツをビニール袋に詰めて押し込んだ。デポジット、いわゆる「デポ」をしたのだ。この日の目的のひとつにそれがあった。岩の多いモレーンを歩くのは柔らかいトレッキングシューズの方が楽だが、雪や氷のところはやはり水を通さないプラスチックブーツの方がいい。次に本格的な順化行動をするときは、ここで靴を履き替えることになる。

山野井は、その場所から、持ってきた双眼鏡を使って北東壁を観察した。残念なことに、想像していた以上に状態の悪い壁だった。

だから、山野井は小さな手帳にこう書き記さなくてはならなかった。

《予想以上に切り立っており、ときどき垂直だ。そして雪のコンディションも悪く、

逆層の上にやわらかい岩が載っているだけ。下降をどうするか？》

逆層とは、壁の表面が瓦屋根《かわら》のような構造になっているため、登るときの手掛かりになるようなホールド、出っ張りがないものを言う。それが柔らかく崩れやすいとすれば、ハーケンを打ち込んでロープを使って登るのも難しいことになる。

ハーケンはドイツ語で、フランス語ではピトンという金属製のクサビのことだ。岩のわずかな裂け目に打ち込んでロープなどを通し、登攀時やビバーク時に確保点として用いる。しかし、それが確保点として機能するためには、岩にしっかりと食い込んでいなくてはならない。

この日、二人はブーツのデポ地点からそのままベースキャンプに引き返したが、それだけでもひとつの登山をしたと言えるほどの疲労感があった。だからだろうか、この日は、妙子ばかりでなく、山野井も珍しく気分が悪くなり、頭痛もした。

その翌日は完全に休養を取り、ギャルツェンに大量の湯を沸かしてもらって全身を拭《ふ》いた。ティンリを出て以来、十日ぶりのことであり、さっぱりした気分になれた。

夜はギャルツェンが作ってくれた「すき焼き」を食べた。肉は入っておらず野菜を醬油《しょうゆ》味で煮ただけのものだったが、すき焼きのように甘辛くしてくれていたのだ。

ギャルツェンが作ってくれる食事は、圧力鍋《なべ》で炊《た》く米飯とダルスープと野菜の煮込みから成る「ダルバート」が基本だったが、それ以外にもいろいろなものが出てきた。ギャルツェンは、野菜炒《いた》めやスパイシーなカレー風味をつけたコロッケ、あるいはピザやホットケーキやチャパティやシナモンロール風の蒸しパンのようなものも作ってくれた。

野菜はカトマンズで大量に買い求めていたが、ニェラムの露店で買ったカボチャがほくほくしておいしかった。野菜好きの妙子は、こんなにおいしいカボチャは日本でも食べたことはないと喜んだ。

老犬は「ポチ！」と呼ぶと振り向くようになった。そのポチは、ごはんや野菜炒めの残りをあげると静かに食べた。喜んだのはチーズを食べさせたときだった。本来のカビとはまったく違う種類のカビが生えてきてしまったためあげたのだが、これはいつもと違っていかにもおいしそうに食べていた。

九月二十日、ギャチュンカンにベースキャンプを設営して五日目、近くにある六千三百メートルほどの無名峰に順化に行った。三時間ほどで頂上に達し、そこからギャチュンカンを眺めた。

さえぎるもののないところから見たギャチュンカンの姿には、やはり心動かされるものがあった。

山に登ったということが気分を昂揚《こうよう》させてくれたのか、山野井に北東壁へ挑戦する強い意欲が湧《わ》いてきた。だが、一方で、果たして登れる可能性がどのくらいあるのか、と冷静に考えている自分がいるのもわかっていた。

翌日はまた休養を取ることにした。順化行動と休養を交互にし、少しずつ高度順化を図っていくのだ。

その日、山野井は、持ってきた携帯用のMDプレイヤーでピンク・フロイドの『ザ・ウォール』を聴いた。ピンク・フロイドを持ってきたのに特別な理由はなかったし、これから壁を登ろうとしていることを意識して『ザ・ウォール』を選んだわけでもなかった。ピンク・フロイドの音楽についての難しいことはよくわからなかったが、なんとなく日本のポップスよりはそこにふさわしいのではないかと思ったのだ。しかし、ピンク・フロイドの宇宙的な広がりを感じさせる曲を聴きながら、自分の心がそこにないことを意識していた。

山野井は、ぼんやりと、ヤク使いとして男たちと一緒に来ていた少女のことを考えていたのだ。十歳くらいに見えたが、ギャルツェンに訊《たず》ねてもらったところによれば十三歳だという。気になる咳《せき》をし、日本の子にはもう珍しくなった青洟《あおばな》を垂らしていた。山野井は小さな手帳にこう記した。

《最新の装備に囲まれ、ピンク・フロイドを聞きながら、生きて帰れないかもしれない山に挑戦する私。

かたや、父を亡《な》くした十三歳の少女は、ヤク・ドライバーとして厳しい環境で働かなくてはならない。一枚のビスケットに幸福を感じながら。

これでいいのか。

自分の人生は間違っていないのか。

しかし、残念ながら、あの山を見ると、登らざるをえない自分がいる》

その夜、雪が降りだした。トイレに出たついでに妙子がキッチンテントの屋根に積もっている雪を払った。

朝起きてテントを出てみると、一面の雪景色になっている。こんもりと雪の盛り上がったところから這《は》い出てきたポチは、ぶるぶるっと体を震わせて毛についている雪を落とした。妙子はその姿を見て心が和んだ。出入り自由なキッチンテントに入って寝ればいいものを、遠慮したらしい……。

ポチの存在は、ギャルツェンにとっても心を和ませてくれるもののようだった。このベースキャンプには、肉類と言えば、缶詰を除くとティンリで買い求めた羊の足が一本あるだけだった。ギャルツェンはその肉を大事に使って料理をしていた。最後は骨についた肉でスープを取ろうとしていたらしいが、あるときそのわずかな肉をポチに食べられてしまった。しかし、ギャルツェンはあまりひどくポチを叱《しか》らなかった。ギャルツェンも、山野井と妙子が順化に行ってしまうとひとりきりになってしまう。だから、ポチがいてくれることで寂しさが紛れていたのだ。

2

ベースキャンプに入って一週間が過ぎた。

九月二十三日のこの日、山野井と妙子は二泊三日の予定で北東壁の偵察を主目的にした順化に出た。登ろうとした山は、ギャチュンカンの北東壁とほぼ正対しているジウダリ峰だった。

大小の岩が散乱するモレーンの上は、前日降った雪がほとんど消えていた。

妙子のコンディションは最悪だった。頭痛に吐き気が加わり、体が思うように動かない。途中、あまりの調子の悪さにひとりでベースキャンプに戻ろうかとも考えたが、我慢して歩いているうちにいくらかよくなってきた。

以前「デポ」しておいた地点で、靴をトレッキングシューズからプラスチックブーツに履き替え、左にコースを取った。

ギャチュンカンの北壁と北東壁を分けている稜線《りようせん》の下の部分に小さな峠がある。まず、そこを越えようとしたのだ。

しかし、そこもまた難しいところだった。急な上に、崩れやすい岩がのっているガレ場だった。

ベースキャンプから八時間の連続行動ののち、ようやく峠を越えることができ、そこにテントを張ってビバークすることにした。高度はすでに六千メートルを超えている。

夜は、ハムの缶詰を開け、それを火にあぶった即席のバーベキューを作った。妙子は、まったく食べられないと思っていたが、匂《にお》いに誘われて少し食べることができた。ただ、寝袋に入ってからは、頭痛が激しくなり、ほとんど眠れなかった。

翌朝は、ビスケットと紅茶で簡単な朝食をとった。八時にはテントを出るつもりだったが、降りはじめた雪によってジウダリ峰が見えなくなってしまったため、しばらく待機することにした。

十時になって、いくらか視界がよくなってきたので出発した。斜面にのっている新雪がいつ雪崩《なだれ》を起こすかわからない。そのため初めてロープを取り出し、互いに結んで確保し合った。山野井がほとんど先頭に立って雪の中をラッセルして道を作り、三時間ほどで六七一一メートルの頂《いただき》にたどり着くことができた。

そこで、山野井はあらためて北東壁を眺めながら、登るためのタクティクス、攻略法を考えた。

北東壁を登るにはいくつかの方法が考えられる。

ひとつは、ハーケンを打ってロープを使うという方法である。しかし、それにはロープ以外にハーケンを二、三十個は持っていく必要が出てくる。その重さは、スピードを重視するアルパイン・スタイルのクライミングでは、致命的なものになるかもしれない。北東壁を登るには、何カ所か雪崩の巣のようなところを通過しなくてはならないが、スピードが出ないため、いかに天気がよくても一度は雪崩を食らう確率が高いからだ。

では、ハーケンやロープを持たずに、可能なかぎり身軽な装備で一気に登っていったとしたらどうか。しかし、それでは登ることはできても降りられないという問題が生じる。北東壁は岩がたくさん露出しており、その岩が逆層である上に脆《もろ》そうだった。たとえ登れたとしても、ロープなしで降りることはできそうになかった。

考えられるもうひとつの方法は、北東壁を一気に登ったあと、いくらか易しいと考えられる北壁から降りたらどうかというものである。しかし、たとえ北壁といえども、登った経験があればロープなしで降りられるかもしれないが、「初見」で降りるのはあまりにも無謀すぎる。厳しい壁は、やはり登ることより降りることの方が難しいからだ。

山野井は最終的にこう判断せざるをえなかった。北東壁は「登ることはできるが降りられない」と。それはもちろん、北東壁は「登れない」ということを意味していた。北東壁を初めて見たときから、もしかしたら登るのは無理かなとは思っていたが、どこかで少ない可能性を探しつづけていた。しかし、ついに諦《あきら》めざるをえなくなった。

――やはり、北壁なのかな……。

ジウダリ峰の頂上から降りるときは、雪崩を起こさないように気をつける必要があった。慎重に降りてきた二人は、その夜、また峠の下のテントでビバークした。

北壁を登ることにしようかなと考えはじめて、山野井の内部に徐々に緊張が高まってきた。北東壁のように、登ることになるかどうかはっきりしないときには、まだない緊張感だった。北壁は登ろうとすれば登ることはできる。登頂に成功するかどうかは別にして、登ると決めれば登りはじめることになるのは間違いなかった。そして、登りはじめた自分がどういう困難にぶつかるかがあるていど具体的に想像できる。恐怖がリアルなものになってきた。

その夜、最終的に山野井は北東壁を断念し、北壁を登るという決断をした。決断してみると、それはさほど残念なことではないように思えた。ベースキャンプに到着したときから、このことはどこかで予感していたように思えたからだ。登ることの難易度を別にすると、北壁の美しさは北東壁に比べて数段上だった。たとえ第二登といえども、そこを登るということにはやはり興奮させられるものがあった。あの壁を登ってみたい、という強い思いが湧き上がってきた。

山野井が北東壁を断念すると告げたとき、妙子は内心「やった！」と思っていた。自分も登れることが素直に嬉《うれ》しかったのだ。

妙子にとっていちばん苦手なのは山野井が登っているのを家で待つことだった。ただ心配することしかできないからだ。それに比べれば、ベースキャンプで待つ方が数倍いい。家にいるよりはるかに状況がわかる。しかし、心配しなければならないのは同じだった。それなら、そのときに自分もどこか別の壁を登っていれば、よけいな心配をしなくて済む。自分が登ることで精一杯になるからだ。山野井がチョー・オユーでバリエーション・ルートをソロで登っているとき、妙子も同じチョー・オユーのバリエーション・ルートを遠藤と登っていた。妙子が降りてくるとすでに山野井は降りてきていて、心配する暇もなかった。

それが、別々ではなく、一緒に登れるというのならこれほど嬉しいことはなかった。山野井は、ルート・ファインディングも、タクティクスも、登攀《とうはん》技術も、状況判断も、自分よりはるかにすぐれている。妙子は、そういう絶対的な信頼感を抱ける山野井と一緒に山に登ることが好きだったのだ。

しかし、そのとき、山野井は微妙に揺れ動く二つの思いを抱いていた。

ひとつは、登るのは北壁にするにしても、妙子とではなくひとりで登ろうかな、という思いである。ひとりで登りたいな、というほどはっきりしたものではなかったが、なんとなく自分がひとりで登っているところがイメージできてしまったのだ。

その一方で、このギャチュンカンを妙子にも登らせてやりたいなという思いもあった。山野井には、妙子がどれほど山が好きかよくわかっていた。自分と同じく山に登っていさえすれば幸せなのだ。それを知っていながら、日本での約束を破って、ひとりで登るとは言い出しにくかった。それだけではなく、ここ数年、妙子は彼女にふさわしい、いい山の頂上を踏んでいない。ギャチュンカンの頂上は、妙子だけでなく、誰にとっても素晴らしい頂上だった。なんとか登らせてあげたい。

だが、ギャチュンカンを登るには、妙子の調子はあまりにも悪すぎた。順化がまったくうまくいっていない。以前から順化の早い方ではなかったが、今回は特別よくなかった。これで登れるのだろうか。

その思いは、妙子にもないわけではなかった。北壁を山野井と一緒に登れることになったのは嬉しいが、このままでは無理かもしれない。あまりにもコンディションが悪すぎる。

妙子は数年前から山を降りてもめまいや耳鳴りがするようになっていた。病院に行っても、メニエール病なのか、更年期障害なのか、原因はよくわからなかった。めまいはいくらか収まったものの、体調のよくない状態はずっと続いている。このところ順化能力が落ちていたが、それは単に年齢のせいだけでなく、体調の悪さによって満足なトレーニングができなかったこともあった。

ギャチュンカンの北壁が易しい壁でないことは妙子にもよくわかっていた。世界でも有数のパーティーといえるスロヴェニア隊がようやく落とした壁である。隊員の中には、アンドレイ・シュトレムフェリとマルコ・プレゼリという世界的なクライマーがいる。ある意味では、国の威信をかけたナショナルチームに近いものでもあったのだ。しかも、それでもなお、四つのチームに分かれた八人は、互いにビバーク地点を利用しあったり、登攀路を整備しあったりと、協力しながら登っている。その意味では、完全なアルパイン・スタイルとは言い切れないものがある。逆に言えば、そうしなければ登れなかった頂であり、壁だったのだ。

そのギャチュンカンの北壁が簡単に登れるはずはない。しかし、もし自分のコンディションが充分なら、山野井の足手まといになることはないと思えた。山野井が使わなければならない労力をいくらかでも軽減することになるはずだ。少なくとも、ロープが必要なところでは、互いに確保し合うことができるし、ビバーク地点でのテントの設営や食事についても、半分は自分ができる。

しかし、いまの自分はとても登れるような状態ではない。頭が痛く、吐き気がし、そのうえ耳鳴りやめまいも出はじめていた。

「私は行けないかもしれないな……」

妙子がつぶやくと、山野井の緊張はさらに高まった。妙子が行けなければソロということになる。ソロには二人で登るのとはまったく違う危険性があるからだ。

峠の下は、夜から雪が降りはじめ、朝起きるとテントは雪に埋まっていた。

北東壁を登らないことになったので、アタック開始地点ともなるここに「デポ」しておかなければならない物はなくなった。妙子は体を動かすのもつらい状態だったが、ようやくすべてをザックに詰めることができた。

妙子には、そこからベースキャンプまでの道程がとりわけ長く感じられた。一方、山野井はモレーンの上を歩きながらポチはどうしたかなと考えていた。ジウダリ峰に出発する朝、ポチの姿が見えないことに気がついた。ジウダリ峰から帰ってきたときには戻っているかななどと思いながらベースキャンプを出てきていたのだ。

しかし、ポチは戻っていなかった。山野井は、いろいろな食べ物をあげなかったからかな、と少し寂しくなった。

ジウダリ峰から帰った夜、ベースキャンプにもまた雪が降った。

翌朝、起きてみると、前回以上の積雪があり、あたりはすっかり雪で覆《おお》われていた。雪の重みでキッチンテントが倒れたりもしていた。ポチは本格的な雪の季節の到来を察知して麓《ふもと》に下りていったのかもしれない。

「これがわかっていたのかな」

山野井が言うと、妙子も同じ言葉を繰り返して言った。

「わかっていたのかな」

午後には日が差しはじめたが、次に大きく崩れるのはいつかが気になりはじめた。

3

依然として妙子の調子はよくならなかった。

頭痛や嘔吐感《おうとかん》だけでなく、胃が痛みはじめた。胃液が胃壁を荒らしてしまったに違いなかった。

ジウダリ峰から帰った翌日はゆっくり休養をとり、さらに次の日は二人で洗濯をした。そして妙子は、その日からダイアモックスを半錠だけ飲むことにした。

ダイアモックスはメニエール病の治療薬として開発されたが、代謝を速めるという効能から、高所登山をするクライマーのあいだで高山病の予防薬として用いられるようになった。

妙子には、数年前にメニエール病かもしれないということで処方されたダイアモックスがまだ残っており、今回の登山に持ってきていたのだ。

ただ、ダイアモックスには一種の利尿作用があり、妙子も何度か深夜に起きて用を足さなくてはならなかった。

その夜、テントを出ると、濃い藍色《あいいろ》の空には半月が出ており、正面にそびえるギャチュンカンが月明かりに照らされて青白く輝いているのがくっきりと見えた。


朝になり、しばらくすると、リエゾン・オフィサーの使いとして二人のチベット人がやって来た。

英文で書かれたメッセージには二つのことが記されていた。ひとつはベースキャンプを引き上げる日にちを知らせてほしいということ。ヤクや車の手配が必要だったからだ。気になったのは、もうひとつのことだった。そこにはこうあった。チョモランマで二日前に雪崩で二人死んだ。天気が悪くなっているので気をつけてほしい。

二人のチベット人は、ギャルツェンの作ったトゥクパというチベット風のうどんを食べ、お茶を飲み、妙子の書いた返事を持って帰っていった。

山野井は無線や衛星電話などで天気の情報を手に入れることをしない。それは酸素ボンベをかついで登るのと同じようなことのような気がするからだった。山野井には、できるだけ素のままの自分を山の中に放ちたい、という強い思いがある。それがこの登山にトランシーバーを持ってこなかった理由でもあった。

九月二十九日、ベースキャンプに入って十三日目、山野井と妙子は最後の順化に出発した。目指す山はギャチュンカンの右手前にあるスーカンリ峰だった。

出発に際しては、妙子にひとつの覚悟があった。これで調子がよくならなければ山野井と北壁に登ることは諦めよう、と思い決めていたのだ。

午前八時に出発し、四時間で靴のデポ地点に着いた。ところが、この日の妙子は、自分でも驚くほど調子がよかった。ダイアモックスを飲んでいたためか、いままでとは打って変わって歩きにリズムが出ている。

氷河の右手に入った。氷塔を抜け、あるいは乗り越え、午後六時にようやく六千二百メートル地点でテントを張ることができた。

翌日の朝、テントを出ると、どこから飛んできたのか、近くの岩に二羽のカラスがとまっていた。

妙子は、食事のゴミをテントから少し離れたところに放置した。自分たちがいないあいだに餌《えさ》を求めてテントをつつかれるのを避けるためだった。このテントがアタック用のテントにもなる。カラスの強靭《きょうじん》なクチバシでつつかれてしまえばひとたまりもない。つつくなら、こちらをつついてくれと、ゴミを放置したのだ。

　寒さは厳しかったが天気はよかった。山野井はヒマラヤが晴天期間に入ったのだなと思った。

　傾斜のゆるい道をひたすら歩いた。六千九百メートルの地点まで登ったが、これ以上はあまり高度を稼げないので降りることにした。

　帰りは雪の塊がひさしのように張り出したセラックを避け、遠回りをしながら降り、六時過ぎにテントに戻った。

　外に出しておいたゴミは予想通りつつかれていたがテントは無事だった。妙子はそのゴミを回収してテントに入れた。

　翌日、八時半にテントを畳み、往路でつけた足跡を逆に辿《たど》って帰途についた。十一時過ぎに靴のデポ地点に着き、靴を履き替えてベースキャンプに向かった。何度目かのモレーンだったせいか妙子にはとても短く感じられた。それは調子がよかったからでもあっただろう。

　この順化行動によって妙子も北壁を登ることになった。そして、山野井はアタックの日にちを四日後の十月五日に設定した。

次の日は、二人でアタック用の衣服の洗濯をした。フリースなど化学繊維のものはできるだけ新品の方がいい。そうでない場合は洗っておく必要がある。それは清潔にするためというより、古くなったり汚れたりして繊維が潰《つぶ》れたり目が詰まってしまうと、保温力が格段に落ちてしまうからだ。

洗濯が終わると、ギャルツェンが沸かしてくれた湯で頭髪のシャンプーをした。毎日でも頭髪を洗いたい山野井にとって、それもアタック前の儀式のひとつだった。

だがその翌日、妙子にもうひとつの問題が起きた。また胃が痛くなってきたのだ。本格的な胃潰瘍《いかいよう》が始まるきざしのようだったので、持ってきていた胃薬を飲むことにした。

出発前日、妙子の胃の調子がいくらかよくなった。そこで、いつものようにアタック用の服の試し着をすると、下半身が少し寒そうだったので、もう一枚下着を重ね着することにした。

山野井も同じようにアタックの際に身につけるもののチェックをした。

まず、パンツの上に長袖《ながそで》のシャツとモモヒキのようなタイプの下着を着る。綿だと汗を吸って水分を閉じ込めてしまうので、どちらも化学繊維のものを選んである。そこに上下の厚手のフリースを着て、さらに上下の羽毛服を着る。

足は毛と化学繊維が半々の靴下をはき、毛と特殊な化学繊維でできたインナーシューズと呼ばれるものを履き、さらにデポ地点で履き替えることになるプラスチックブーツを履く。そして、氷や雪の壁に取り付くときには、その靴底に鋭利な爪《つめ》のついたアイゼンと呼ばれる一種のスパイクをつける。また、プラスチックブーツと羽毛服のあいだから雪が入らないようにするためスパッツをはく。

手は薄手の化学繊維の手袋の上に羽毛の入った手袋をつける。ただし、山野井の場合はこれが一体化した五本指のグラヴをつけることになる。素材も羽毛ではなく、特殊な化学繊維が主体となったものを使っている。

頭は、すっぽりとかぶって眼だけ出す、いわゆる目出し帽をかぶる。毛のものもあるが、山野井は毛先がチクチクするのがいやで、やはり化学繊維のものを愛用している。人によっては、さらにその上に毛の帽子をかぶる人もいるが、二人ともかぶらない。そして、目出し帽の上から羽毛服についているフードをかぶる。

さらに、落石の危険があるときはヘルメットをかぶるが、このギャチュンカンの北壁は、雪崩《なだれ》の危険はあっても石が落ちてくることはないと判断した。

最後に、羽毛服の上から、ハーネスと呼ばれる一種の安全ベルトを巻く。そこには、ロープを結ぶだけでなく、ハーケンをはじめとする各種の登攀具をつけることがある。眼は高度順化まではサングラスで守るが、アタックのときはゴーグルをつけることになる。

これらのものによって、零下三十度から四十度にもなろうという寒さから身を守ることになるのだ。

その日もまた好天が続いた。山野井は、明るい日差しを浴び、深い藍色の空をバックにそびえ立っている白いギャチュンカンに向かって挨拶《あいさつ》をした。

——あまり怒らないでくださいね。

それは祈るというのとも違った行為だった。高校生時代、谷川岳で危険なクライミングをひとりで繰り返しているとき、何百人かの死者の名前が刻まれているという遭難碑の前を通りかかると、必ず立ち止まって「挨拶」をしたものだった。

——見守っていてくださいね。

ギャチュンカンに対する挨拶も気分的にはそれと同じように軽いものだった。

だが、連日の好天は山野井に複雑な感慨をもたらしていた。

アタック前に好天が続くということは、次に崩れる前の好天を一日無駄にしているということを意味してもいる。クライマーにとって理想的なのは、アタックの前日まで崩れていて、当日にすっきりとした好天になるということだ。そこには雪崩のリスクが考慮に入れられてないが、気分的にはアタック前に好天を食いつぶしているという焦《あせ》りを生まないだけいい。

そしてまた、アタック前に天気がよいということは、必ずアタックをすることになるということを意味していた。天気が崩れていれば、まだアタックに出発しなくて済む。あれほど早く登りたいと思っていたのに、いざアタックの日が近づいてくると、できるだけ先に延ばしたいと思うようになる。

夕方になるにしたがって、山野井はしだいに寡黙《かもく》になっていった。

そんな山野井の様子を見ても、妙子は少しも心配しなかった。いつものことだったからだ。アタック前は、いつも寡黙になり、不機嫌になり、我がままになる。妙子の前なので、その不機嫌さを安心して出している。妙子には、そうすることで、登る前の集中力を高めているのだということがわかっている。

その意味では、マカルーのときの山野井はかわいそうだったと妙子は思っている。敗退したあと、同行したテレビ・カメラマンが、あるジャーナリストに向かってこう言っていると聞いた。

「山野井は最初からマカルーに呑《の》まれていた。あれでは登れるはずがない」

そのカメラマンは、山野井のマカルー西壁の登攀《とうはん》を撮ろうというのだからクライマーとしてもすぐれている人だった。しかし、その台詞《せりふ》は山野井に対して少し酷ではないかと妙子は思った。

山野井がマカルーでいつもと違っていたのは、ひとつには彼らがいたからということもあった。山野井には、他人に対するやさしさ、あえていえばサービス精神のようなものがあり、ベースキャンプでもディレクターをはじめとする取材陣に気を使いつづけた。それは自分をよく見せようとするためのものではなかった。山野井には、せっかく山に来てくれた人には充分に楽しんでもらわなくてはならない、という不思議な使命感のようなものがあるのだ。

彼らがいてもいなくても敗退はしていただろう。しかし、自分と二人だけで、いつものように不機嫌に、我がままに振る舞って集中力を高めていれば、また別の展開があったのではないかという気がしないでもないのだ。

夜、山野井の緊張は頂点に達していた。ギャルツェンがアタック前ということでいろいろと料理を作ってくれた。しかし、何を食べているかわからないほど緊張していた。それがギャチュンカンだからということではなかった。山に登る直前はいつもそうなのだ。食べているものもわからず、しゃべっていることも上の空だった。不安というのとも違っている。何か大事なことが始まる。その始まりを待つということそのものが緊張を生むのだ。

食後のコーヒーを、これが最後かもしれないと味わって飲みはじめるが、また上の空の状態になっている。

そしてふと気がつくと、妙子はいつもと変わらない会話をギャルツェンとしている。あの料理の味付けはどうするのかとか、帰りのヤクは何頭くらいで間に合いそうだとか、カトマンズに帰ったら何をしようとか、極めて日常的な会話をしている。どうしてあのように平然としていられるのだろう。山野井は妙子のいつもと変わらない普通さが不思議に思えてならなかった。

ここ数日、山野井には風邪気味のような自覚症状があった。そこで手帳にこう記した。

《明日アタック。風邪が少々心配。しかし、クライミングを楽しもうという気持が高い。ロープもギアも少ないが、これでなんとか下降しよう》

第五章　ダブルアックス

1

十月五日の朝、ベースキャンプを出発するとき、山野井はギャルツェンに言った。

「予定では五日間、遅くても六日で帰ってくる」

それには、こういう心づもりがあったからである。まず一日目に取り付きの近くまで行き、そこでビバークする。二日目に北壁を登りはじめ、七千メートル前後の地点でビバークする。三日目は頂上まで登り、七千メートル前後まで降りてきてビバークする。四日目には取り付きまで降りて一日目と同じところでビバークする。そして五日目にベースキャンプに戻ってくる。この予定通りに行けば四泊五日ということになり、万一なにかの状況の変化によって一日くらいの遅れが出たとしても、六日で帰ってこられるはずだった。

山野井は、ベースキャンプを出て、山に登り、ベースキャンプに戻ってくるまでがクライミングだと考えている。だが、純粋に「登る」ということだけをとるなら、二泊三日で決着をつけてこようとしていたのだ。

午前九時、山野井と妙子はギャルツェンに見送られてベースキャンプを出発した。二人とも右手にスキーのストックを一本ずつ持ち、起伏のあるモレーンを黙々と歩いた。

上下の登山服は背中にかついだザックの上に乗せてある。外気の温度は低いが、太陽の強い日差しはある。その中で羽毛入りの登山服を着たまま歩くと汗だくになってしまうのだ。

歩いてしばらくすると、前夜の緊張感がすっかり消えているのが山野井にはわかった。もう始まってしまったのだ。あとは全力で登るしかない。

ベースキャンプから取り付きまで約八キロある。そこまでのあいだには二人が積んだケルンがかなりある。すでに順化のため何度か往復しているのでケルンなしでも歩けるが、ケルンに従って歩けばよけいな神経や労力を使わないで済む。

いつものように四時間ほどで靴のデポ地点に着いた。似たような岩がたくさんあるので、そこには赤い布をつけた棒を立ててある。

トレッキングシューズからプラスチックブーツに履き替え、脱いだトレッキングシューズをビニール袋に入れて岩陰に突っ込んだ。

モレーン上はできるだけトレッキングシューズで歩いた方が疲労が少ない。しかし、雪が深くなると靴下を濡《ぬ》らしてしまう恐れもあり、足先を冷やしてしまう恐れもある。プラスチックブーツはそうした恐れはないが、露出した岩の上を歩くとき、バランスを取るためふくらはぎなどの筋肉を使う。トレッキングシューズに比べると底が固いからだ。翌日からのアタックに向けて、無駄な筋力はできるだけ使いたくない。そのため、山野井は一歩一歩、慎重に歩みを進めていった。

ただ妙子は、プラスチックブーツに履き替えてもさほど筋力を使っているように見えない。それが山野井にはいつも不思議だった。十一年前のマカルーで重度の凍傷を負い、足の指を八本も切ってバランスは取りにくいはずなのに、天性のバランス感覚があるらしいのだ。

午後二時、北壁の取り付きの手前に到着した山野井は、テントを張るのにふさわしい場所を探した。すでに、この地点で五千九百メートルに達している。

テントを張る場所は、まず第一に記憶しやすいところでなくてはならない。山に登り、疲れ果てて降りてきても、広い氷河のどこにあるか、間違えずにたどり着けることが必要だった。

もちろん、壁に近づいておけばおくほど明日からの登りは楽になるが、あまり近づきすぎると雪崩《なだれ》が襲ってきたとき流される危険性がある。その兼ね合いが難しかった。

山野井がこのように取り付き付近に早めに着いてテントを張ろうとしたのは、明日からの登攀《とうはん》に向けて意識を集中していきたかったからだ。山野井は明るいうちにテントを張り終え、そこでゆっくりコーヒーでも飲み、「さあ、明日からはギャチュンカンの北壁だ」というように気持を高めていくことが必要だった。

一方、妙子には、そのような心理的な儀式は必要なかった。とにかく取り付きの手前に着いたら、食事をして、さあ寝ようというので充分だった。だから、もし妙子ひとりなら、もう少しゆっくりベースキャンプを出発していただろう。

山野井はテントを張る場所として、アタックまでの半日を過ごすのにふさわしい場所を選んだ。すなわち、あるていどのんびりできる雰囲気があり、近くの岩の上に座っていろいろな作業ができるところである。

テントの設営が終わると、山野井は装備の点検を始めた。まず、アイゼンの調整をした。アイゼンには、十二本の鋭利な爪《つめ》がついており、つま先の二本は蹴《け》り込みやすいように前を向いている。山野井はそのアイゼンをプラスチックブーツに合うよう調節し、爪の鋭さをチェックした。自分のブーツが終わると、妙子のブーツとアイゼンの調整をした。妙子は、プラスチックブーツの上に、足先を低温から守るためのオーバーシューズというものを履く。アイゼンはその上から装着して調整しなくてはならないが、この作業は第二関節から先がまったくない妙子の手ではできない。

次にピッケルとアイスバイルの刃の確認をした。ピッケルとバイルは、雪や氷を突き刺すという部分においてはほとんど同じようなものだが、刃の反対の部分が違っている。ピッケルはシャベル状になっており、バイルは金づち状になっている。ピッケルの後部は雪や氷を削るために使い、バイルはハーケンなどを打ち込むときに使う。

山野井が登攀に必要な道具の調整を行っているあいだ、妙子は雪を溶かして湯を沸かし、大量の茶を作っていた。高地では、血液中の酸素が少なくなるため赤血球が増える。赤血球の増加は血液を濃くし、流れにくくする。それを防ぐには、水分を充分にとって、新陳代謝をよくしておかなくてはならない。登攀を始めてしまえばどれくらい水分をとることができるかわからない。だから、飲めるときに飲んでおかなければならないのだ。

食事はフリーズドライの山菜おこわを作って食べた。作るといっても、もちろん袋に湯を入れて戻すだけである。

　夕方、上空を見ると、頂上付近にクラゲの笠《かさ》のような雲が発生していた。ちょっといやだなと山野井は思った。いつも頂上付近にあのかたちの雲が出ては、ぱっと消えて天気がよくなっていた。ただ、ここ数日、その雲の出ている時間が十分か十五分くらいずつ長くなっていた。しかも、この日は、登山用の腕時計に内蔵されている気圧計が低くなっていた。もしかしたら、天気は徐々に崩れようとしているのかもしれない。気にはなったが、だからといってアタックを延期するほどのことではなかった。

　それに、ヒマラヤの山には何度登ってもわからないことがある。そうした不可知な部分の中に、ヒマラヤの山を登ることの醍醐味《だいごみ》があるとも言える。

　ギャチュンカンを眺めていると、遠くから見るより高度がないように思える。それはギャチュンカンに特有のことではなかった。どのような山でも、真下から見上げると頂《いただき》が低く感じられるものなのだ。しかし、それでもギャチュンカンの北壁は、まるで巨大な塊が立ちはだかり、こちらに迫ってくるような威圧感がある。この圧倒的な壁を前にして、登るための一歩を踏み出せるかどうかは、勇気の問題である以上に自分の力量に対する信頼の度合いによる。自分の力量を信じられたとき、押し潰《つぶ》されそうになる恐怖に耐え、一歩を踏み出すことができるのだ。

しかし、功名心をエネルギーにしているようなクライマーは、本当に巨大な壁を前にしたとき、そこに取り付こうという一歩が出ない。このギャチュンカンの北壁も、マカルーの西壁やジャヌーの北壁ほどの困難さはないかもしれないが、登ろうとするものを竦《すく》ませるだけの迫力はある。その恐怖心を振り払って登りはじめることのできるクライマーが何人いるかわからない。

山野井には、彼らが抱くだろう恐怖が理解できる。だが、妙子にはほとんど理解できないことだろうなと思う。妙子は本質的に恐怖心というものを持っていないらしいのだ。それは素晴らしい利点となるが、致命的な欠点ともなるものだった。なぜなら、恐怖心が慎重さや緻密《ちみつ》さを生むからだ。山野井は、八千メートルの山の難しいルートをたったひとりで登っていくことができる。八千メートル峰の難ルートにおけるソロの登攀は、小さなミスが死に直結するが、そうした間近に控えた死の恐怖をねじ伏せつつ、ひとり黙々と登りつづけるには強い意志を必要とする。しかし、山野井は、自分のことを人並みはずれて勇気のある人間だとは思っていない。むしろ臆病《おくびょう》なくらい慎重だと思っている。その慎重さが危険な山から常に生きて帰ってこさせてくれたのだ。

それは妙子にもよくわかっていることだった。山野井のその慎重さが一緒に山に登っている自分の命を守ってくれてきたのだ。そしてこうも思っていた。もし、自分が山野井と一緒に暮らし、一緒に登るようになっていなければ、すでに一度や二度は山で死ぬような目に遭っていただろう、と。

そのことに関しては山野井もまったく同意見だった。だから、親しい人にはこんな冗談を言ったりするのだ。

「妙子が僕と結婚したのは、山で死なないためなんだ」

テントに入った二人は、あたりが暗くなるとすぐに眠る準備に入った。

寝袋には、登攀時に着るものをすべて身につけて潜り込む。出発する際、暗い中で脱いだり着たりするのは難しいからだ。寝袋は軽くて保温力のある羽毛が詰まっているものを持ってきている。山野井はその寝袋のジッパーを引き上げて顔だけ出し、明日の出発に際しての行動のシミュレーションを何度も頭の中で繰り返した。

まず、暗いうちに起きるのでヘッドランプにスイッチを入れる。ザックに詰めるのは、寝袋、テントの順番になるだろう。そしてその上にロープと登攀具を入れる。いつなんどき登攀具が必要になるかわからないからだ。プラスチックブーツにアイゼンを取り付け、ヘッドランプを照らしたまま歩き出す……。

2

午前二時、二人は起きてアタックの準備を始めた。

そのような時間を選ぶのは、できるだけ早い時間に高度を稼ぎたかったからだ。日が照っているときには、壁が暖められて雪崩が起きやすいということもある。また、一日の連続行動時間を最大限にして、高い地点で眠る回数をできるだけ少なくしたいということもある。たとえ高度順化がうまくいっていたとしても、高くなればなるほど酸素の摂取量は少なくなる。七、八千メートルでは、空気中の酸素の量が平地の三分の一ていどになる。さらに、睡眠時間中は呼吸が少なく、また浅くなるので、酸素の摂取量が激減する。そのため、肉体へのダメージが大きくなるのだ。

それぞれのザックに必要なものを詰めると、ここに残しておく物をひとまとめにした。まず、テントを覆《おお》っていたフライシート。余分のコッヘルひとつ。ストック二本。これは両手にピッケルとバイルを持って登らなくてはならないことがわかっているからだ。前日アイゼンを調整するために使った六角レンチ。テントの中に敷いた薄い銀マット。使い残しのガスのカートリッジ。アタックには真新しいガスボンベを二本持っていく。そして食料少々。その中には乾燥アルファ米とふりかけとチョコレートと紅茶があった。これらをすべてビニールの袋に入れて、岩の下に押し込んだ。
持っていったのは次のようなものだ。

テント（二人用）　一
ウレタンマット　二
寝袋（カバーつき）　二
手袋（予備）　二
ガスコンロ　一
ガスカートリッジ　二
コッヘル　一
フォーク　一
箸《はし》（短くした割り箸）　一
ライター　一
マッチ　一

リチウム電池　二
カメラ　一

ロープ（ダイニーマー製五十メートル）　一
ハーケン（チタン製）　六
アイススクリュー（チタン製）　四
エイト環　二
カラビナ　七
安全環つきカラビナ　二
スリング　六

乾燥五目飯（二百グラム）　一
乾燥焼きそば（百グラム）　二
ビスケット（百グラム）
乾燥汁粉（六十グラム）　二
乾燥ワカメスープ　二

乾燥みそ汁　二
コーヒーと粉末ミルクと砂糖
ココア

それに鹿屋《かのや》体育大学の教授が勧めてくれたアミノ酸の錠剤とブドウ糖の粒を持っていった。それを合わせても食物の重量はわずか八百五十グラム。総重量もひとり五キロ未満になるように、荷物は切り詰められるだけ切り詰められていた。そこにはスピードを重視するアルパイン・スタイルの「精髄」のようなものが込められていたと言ってもいい。もちろん、食料が異常なくらい少ないのは、七千メートルを超えると、妙子がほとんど食べられなくなるという特殊な事情があるにはあったが。

二人はいつもと同じようにほとんど同じだけの重さの荷物を分け持った。しかし、その中身には微妙な差があった。山野井のザックには、自分の寝袋以外にテントと登攀具とロープを入れた。最初は乾いているが、山で使うにしたがって、氷が付着して重くなる。一方、妙子のザックには、寝袋とコッヘルと食料とガスコンロを入れる。食料は食べていくので軽くなる。つまり山野井は、最初は同じ重量でも、登っていくうちに重くなるものを自分が引き受け、軽くなっていくものを妙子にかつがせるようにしていたのだ。

午前三時半、ビバーク地点を離れた。月は山陰に隠れ、空にはまったく明るさがない。ヘッドランプを照らしながら北壁の取り付き地点へ向かった。

雪はさらに深くなり、膝《ひざ》まである。トップ、つまり先頭はラッセルをしながら進まなくてはならない。セカンド、二番目はトップの踏み固めてくれた足跡をライトで照らし、トレースしながら歩くことになる。

二人はトップを交替しながら進んでいったが、妙子がトップに立つとスピードが上がらない。妙子はやはり調子が悪く、ラッセルして歩くのがつらそうだった。

クライマー同士の場合だと「トップを替わってくれ」と言うことはあまりない。「替わりましょうか」と言うまで待つのが普通である。それはやはりクライマーとしてのプライドのようなものがあるからだ。替わってくれというのは、もう疲れたということを表明しているのと同じであり、そうした弱みを仲間に見せたくはない。しかし、妙子と登るときは、山野井も「替わってくれ」と平気で言うことができる。だがこの日の妙子は、しばらくトップを任せると、急激にスピードが落ちてしまう。山野井はあまり壁に取り付く前に体力を使いたくなかったが、そこでまた声を掛けることになる。

「俺が先に行く」

するると、妙子が止まって少し横にずれる。そこを後ろから来た山野井が追い抜いていく。それがトップの交替の仕方なのだ。

その妙子の弱々しい様子を見て、山野井は思っていた。ふだんはあんなに強いのにどうしたのだろう。いつもだったら二十代の若者も追いつけないようなスピードで歩けるのに。やはり順化がうまくいっていなかったのかもしれない。それにしても少しだらしないのではないか。そしてこうも思った。

――そんなんじゃあ、頂上に行けないぞ……。


さらに深い雪の中を進んでいくと、ベルクシュルントにぶつかった。

ベルクシュルントとは、山の斜面が平坦《へいたん》になるところにできる氷河の裂け目のようなものである。山によってその広さも深さも異なっているが、氷河を歩いていき、いざ壁に取り付こうとしても、ベルクシュルントが渡れなくて断念せざるを得ないということもある。山野井は順化のときに渡れそうなところの見当をつけていた。そこは山からの雪崩《なだれ》のたびに少しずつ雪が埋まっていき、橋のようになっているところだった。ベルクシュルントを渡るときはロープをつけて確保しあうことがあるが、山野井の経験からこの雪の橋は下に抜ける恐れはないように思えた。ベルクシュルントの前後と同じような雪の積もり方をしているところが安心感を抱かせてくれる。

まず山野井がトップで渡った。ピッケルとバイルの頭を両手に持ち、柄の部分を順番に差し込んでいく。次に足を片足ずつ踏み出していく。つまり、体重を獣のように四点に分散するのだ。この渡り方を見て、あまりにも慎重すぎると言われることもあるが、それはソロのクライマーの習性と言えた。二人以上で登るクライマーはロープで確保しあうことができるが、ソロのクライマーはこういうところでミスをすると命を失うことがあるのだ。だから、慎重なうえにも慎重にならざるをえない。

無事ベルクシュルントを渡り終え、回り込むようにしばらく進むと、岩肌が深く抉《えぐ》られたルンゼ、いわゆる岩溝の入り口に達する。

それまでは斜行していたのでさほどの傾斜を感じなかったが、岩溝の直登に入った瞬間、傾斜が急に感じられた。そこから標高差二千メートルを超えるギャチュンカンの北壁が始まったと言ってもよかった。

雪の深い斜面をラッセルしているときはあれほど苦しそうだった妙子が、急な壁が始まったとたん山野井と遜色《そんしょく》なく登るようになった。水平移動のラッセルは全身を使うマラソンのようなものだが、垂直に登ることは上半身を使いながらテクニックでカバーできる部分が少なくないのだ。

まだ夜が明けていない暗がりの中、六十度以上の斜度のある急な壁を登りつづけた。暗いため恐怖心はほとんど湧《わ》いてこなかったが、下降の際は明るい時間帯になる可能性が高い。明るい中、この急な壁を降りてくるのは並大抵のことではないだろうと思えた。

「ここを降りて行くことになるんだよなあ」

トップを交替するとき、山野井が話しかけると、妙子は軽く応じた。

「大丈夫、たいしたことないよ」

山野井にはとてもそうは思えなかった。登攀《とうはん》中は上しか見ないが、下降中は下が見える。それは自分がどれだけ高いところにいるかを常に意識しなくてはならないということでもある。その高度感と、自分の体が崖《がけ》から飛び出ているという露出感が、下降する動きをぎこちないものにしてしまう。しかも、壁の雪氷はアイゼンの前の爪《つめ》だけしか入らないほどの固さだった。けっこう傾斜があるし、氷は硬い。山野井はそう思い、さらにいささか落胆するような気持でこう思った。

――オマケがまったくないなあ。

ヒマラヤの巨峰に登る前の山野井は、その壁の岩の状態、傾斜の度合い、氷や雪のつき方といったものに対して、常に厳しい予測を立てて登り方の戦略を組み立てる。ところが、実際に登ってみると、予測より易しく感じられることが少なくない。ここは意外に斜度がなかったなあ、とか、ここにこんな弱点があるではないか、という具合だ。それはひとつには、登るべき壁に正対して観察しているからということもある。山というものは、正面から見ると傾斜が正確には把握できず、より急峻《きゆうしゆん》に見えることが多い。山野井は、そうした思いがけない易しさを「オマケ」という言葉で納得していた。ヒマラヤは一生懸命登る者にどこかでプレゼントのようにして「オマケ」をくれるものなのだ、と。

しかし、ギャチュンカンはその「オマケ」をなかなかくれようとしなかった。予測どおりの、あるいは予測以上の難しさだった。

二人は、雪と氷でできた急な岩溝を、ロープを使って確保し合うこともなく、ダブルアックスで登っていった。

ダブルアックスによる登攀はアイス・クライミングにおける基本的な技術だった。両手にピッケルとアイスバイルを握り、固い雪や氷の表面に鋭利な刃を叩《たた》き込み、アイゼンをつけた靴を蹴《け》り込み、尺取り虫のように少しずつ登っていく。

本来、ピッケルとバイルは柄の長さが違う。ピッケルの方を長くして緩斜面を歩くときに杖《つえ》のように使う。しかし、山野井たちのように急な斜面をダブルアックスで登ることの多いクライマーは、二つの柄の長さを揃《そろ》える。長さが違うと叩き込む動きが不自然なものになってしまうのだ。

山野井は登山の技術をほとんど独学で学んだが、このアイス・クライミングの技術も経験を通して自力で身につけた。

ピッケルのスイングの仕方、インパクトの加え方、氷のどこにどのような打ち込み方をするか、打ち込んだ刃の効き具合をどう判断するのか。たとえば、氷だったらできるだけ窪《くぼ》んでいるところを刺す。膨らんでいるところは打ち込むとひび割れてしまうことが多い。効いているかどうかの判断は叩き込んだ瞬間の音や手に伝わってくる感触で判断する、という具合だ。

できるだけ少ない回数のスイングで刺せなければ、いたずらに体力を消耗してしまう。そのためにも、アイス・クライミングの技術を高めることは、何千メートルもの標高差がある大岩壁を登り切るために必須《ひっす》のことだった。

山野井は、蹴り込む足は階段を上るときのように互い違いにするが、ピッケルやバイルを叩き込む手は平行に揃えることが多い。手も足のように互い違いにした方がスピードは出るが、バランスを崩したときに対応しにくくなるような気がするのだ。手と足を互い違いに動かして登っていくのをNスタイル、常に両手両足を平行に揃えて登っていくのをXスタイルと言ったりする。その表現を利用すれば、山野井の登り方はNとXの混合スタイルということになる。

岩溝の入り口からしばらくのところは氷状になっており、文字通りのアイス・クライミングを強いられたが、そこを抜けると蹴り込む足が半分くらい壁に入るようになってきた。固い氷にアイゼンの前爪を蹴り込み、全身をつま先で支えるとふくらはぎに負担がかかる。だが、そこは壁についた雪に足が半分くらい入るのであまりふくらはぎが疲れなくなった。空気の希薄感もまださほどでもなく、雪と山が一体となっているという安心感がある。その急斜面は最も高度が稼ぎやすいところだった。

二人は尾根沿いに岩溝を真っすぐ登っていった。あまり左に寄りすぎると雪崩の危険性がある。真上にいかにも崩れ落ちそうに出っ張っている巨大な雪のひさし、セラックがあるのだ。トップで登る妙子が左に寄るたびに山野井は声を掛けた。

「左に行き過ぎるな！」

幸い雪崩に遭うこともなく、登山用の腕時計に内蔵された高度計が六千七百メートルを指したあたりで長い岩溝を抜け、セラックの左上に出ることができた。すると、間もなく空が明るくなってきた。ここの夜明けは午前八時過ぎだから、ここまで五時間で来たことになる。まずは順調なペースと言ってよかった。

しかし、困難はそこから始まった。

その上の部分は、壁から少し突き出た、いわゆるオーバーハングの岩が帯状になって続いているところだった。そこを登るためにはロープを使わなくてはならない。当然、時間もかかる。そのため二人はそのハング帯の下を迂回《うかい》し、左端から回り込むようにして上を目指そうとした。

登り方はダブルアックスではなかった。傾斜がいくらかゆるいため、ピッケルとバイルの頭を手に持ち、柄の部分を雪に突き差していく、いわゆるダガーポジションで登っていった。

だが、その一帯の雪の質は極めてよくないものだった。表面は固いが、そのつもりで足を踏み入れると、中が柔らかくてズボッと深く入ってしまう。それをクライマーはモナカ雪と呼んだりするが、まさに和菓子の最中《もなか》のような状態になっている。しかし、それが規則的に続いているのならまだいいのだが、そのつもりで足を運んでいると、中まで固いところがあったりする。このように、場所によって雪質の異なるところを登るのは、とてもエネルギーを使わなくてはならないものなのだ。

しかも、モナカ雪の次は固い氷が交互に出てくる鱗状《うろこ》のところになる。

雪質がよくないので慎重に進んでいかざるをえなかったが、二人がそれにも増して気をつけたのは山にショックを与えないようにすることだった。そのため、セカンドはトップの足跡を正確にトレースすることに専念した。もちろん、それが楽だということもある。しかしもっと重要なのは、足跡をばらばらにつけて雪面に一本の線を引かないようにすることだった。

壁に対して縦なら線になってもいい。しかし、斜めだったり、横だったりするところでは、足跡をバラバラにつけてそれが一本の線になってしまったとき、山肌を二つに割って雪崩を起こしてしまう危険性があるのだ。

そのため山野井はステップの深さを変えるようなこともした。同じ深さで一本の線になると割れやすいが、たとえ一本の線になってしまった場合でも、ステップによって深さが違えば割れにくくなるからだ。

ハング帯の左端から上部に行くためには、剝《む》き出しになっている岩を斜めに渡るようにして上がっていかなくてはならない。そこはギャチュンカン特有の逆層の悪い岩でできている。出っ張っている部分が下を向いているため、指を引っかけたり摑《つか》んだりできない。しかも、岩肌がつるつるとしたスラブ、一枚岩なのだ。

長さは五メートルくらいだったが、そこを越えていくのはほとんど不可能に近かった。山野井は自分の技量ならかろうじて渡れるかもしれないが、妙子にできるかどうかは確信が持てなかった。そこで訊《たず》ねてみた。

「ロープを使うか」

すると、妙子は即座に答えた。

「要らない」

その岩にはリス、割れ目がないためハーケンを打ち込んで支点を取るわけにいかない。そうだとすれば、たとえロープで結び合っても、ひとりが落ちれば他のひとりは支え切れないだろう。もし落ちることになったとしても二人一緒に落ちることはない、と思ったのだ。

手を岩に押しつけ、片足をわずかな出っ張りに置き、反対の足をつるつるの岩肌に接し、ほとんどありはしないアイゼンの摩擦で騙《だま》すようにして支える。そのようにして、もう一歩を踏み出し、まず山野井が先に渡り切った。

ロープは不要と断った妙子だったが、最後のひと渡りができなくて時間を食った。

一度は逆戻りして、他に上がるルートはないかと眼で探したが見つからなかった。

山野井の指摘を待つまでもなく、妙子自身も自分には恐怖心がないと思っている。しかし、この岩の最後の一歩だけはなかなか踏み出せなかった。どう考えても落ちてしまいそうだったからだ。足を滑らせれば千メートルは一気に墜落することになる。つまり、東京タワーを三つ重ねた頂上から真っ逆さまに落ちて氷河に叩きつけられるということだ。

しかし、ここまで登って来てしまった以上、ひとりで降りることはできない。すでにそこを渡り切った山野井はさらに傾斜のきつい壁を登りはじめている。もう進むしかないのだ。妙子はなかば落ちるのを覚悟で支えにならない岩肌に足を踏み出した。

どうにか渡り切ったとき、さすがに胸が高鳴っていた。なぜ落ちなかったのかわからないほどだった。

しかし、そこを脱したあとも困難は続いた。

八十度近い傾斜がある上に、山肌の雪のつき方が悪かった。岩溝の中の雪は、踏み込んだ足がずるっと下に落ちかかることがあっても、途中でなんとか止まった。しかし、そこは、止まらないで岩肌が剝き出しになってしまう。山野井と妙子は、六千八百メートルから九百メートルのところを、雪と岩を騙し騙し登っていかざるを得なかった。あるいは、経験の少ないクライマーには十メートルも登れないかもしれない難しい壁だった。

山によっては、下から見ているときは雪が薄く岩にへばりついているだけではないかと思えていても、実際には意外に雪が深く、登りやすいということがある。しかし、その壁はどこまで行っても雪のはがれやすさは変わらなかった。

そこで山野井は、雪の下に雪がありそうなところはピッケルを突き刺して登り、なさそうなところは雪を掻《か》いて岩肌を露出させて手を使って登るというように、さまざまな登攀技術を駆使した。

しかも、その上には雪の大きな塊がいまにも崩れ落ちそうになっているセラックがある。そこからはポロポロと氷のかけらのようなものが落ちてくる。ベースキャンプからも、そこで雪崩が発生するのがよく見えていた。

――急げ！　急げ！

気持は焦《あせ》るが、なかなかセラックの下から逃れられない。ようやくその危険な場所を脱して六千九百メートル地点に達した。しかしそこも、いくらか傾斜がゆるくなっているものの難しいところであることに変わりなかった。

五千九百メートルから六千七百メートルまでは五時間弱で登れたが、それからの三百メートルを登るのに、実に十一時間を超える苦闘を強いられた。その間、まったく飲まず食わずだった。

3

十六時間の連続行動の末、七千メートル地点まで登ることができた。遅れ気味だった妙子もやっと追いついてきた。

しかし、日が暮れかかっている。そろそろテントを設営しなくてはならない。山野井と妙子とは特に言葉を交わすわけではなく、そのことを暗黙のうちに了解しあった。

——今日はここでビバークすることにしよう。

しかし、その七千メートル地点でも「オマケ」はなかった。ヒマラヤの巨大な山には、探せばテントを張れるくらいのところは見つかるものだが、このギャチュンカンの北壁にはわずかな岩棚さえなかった。最初の岩溝を登りはじめて以来、どこかでオマケがないものかと期待していた。こんなに努力しているのだから山が報いてくれそうな気がする。しかし、まったく「オマケ」はなかった。ギャチュンカンが想像以上に手ごわいことをあらためて思い知らされた。

そこはなお七十度くらいの斜度があり、両手を離して立つことは無理だった。

山野井は、わずかに岩の露出した部分にハーケンを打つことにした。しかし、なかなかハーケンの効きそうなところが見つからない。しっかり効くところを求めて、上に上に移動しているうちに、気がつくと三十メートルも登っていた。

――それにしても、なんて打ちづらい岩なのだろう。

その間、妙子は急な斜面にテントを張るための平らな場所を作ろうとしていた。アイゼンで両足を踏ん張り、斜面に打ち込んだ左手のバイルで体を支え、わずかに自由になった右手のピッケルの後ろのシャベル状の部分で氷を削る。しかし、右手が疲れ切って振り上げられなくなるまで削っても、わずかに奥行きが最大で五十センチほどの棚しか作れなかった。

一時間をかけて岩に二つのハーケンを打ち込んだ山野井は、妙子の切った棚、クライマーの言うテラスに降りてくると、ザックから取り出した黄色い二人用のテントに、長く伸ばしたポールを差し込んだ。

もちろん、それを棚に置いただけではずり落ちてしまう。薄く切ったカステラをそのまま山肌に貼《は》りつけたようなものだったからだ。

まず、支点のハーケンからロープを下ろし、その途中の部分をテントのポールが交差するところにつけたカラビナに結びつける。カラビナは幼児の手のひらほどの大きさの金属の環《わ》で、開閉部がついているためさまざまな使い方をされる登攀具だが、これで上のハーケンが効いているかぎりテントが谷底に落ちることはなくなる。

カラビナのところで結んだロープの残りの部分をテントの口から取り込み、それを山野井と妙子のハーネスと呼ばれる安全ベルトにつけたカラビナに通して結ぶ。こうすることで、万一テントが滑り落ちても二人の体は確保されることになるのだ。しかし、テントの口の向こうは、垂直の壁のように切れ落ちている。もし、支点がはずれれば、千メートル下に転落することになるだろう。七千メートル付近のビバークとしては極めて条件は悪い。しかし、テントの設営が終わったときは、山野井にはまだその異様な高度感を楽しむ余裕があった。ただ、不思議と現実感がなかった。気がつくといつの間にか妙子とここまで来ていた、という感じがするほどだった。

頂上付近に雲が出ている。またいやな雲が出ているな、と山野井は思った。少し気になったが、それはいつものことでもあった。出ては、すぐ消えていたのだ。しかし、その日は雲だけでなく、初めて小雪がぱらぱらっと降ってきた。

作業によって雪まみれになった二人はそのままテントに入ったが、自由になる空間はまったくなかった。なにしろ幅が最大で五十センチしかないのだ。二人が並んで横になる空間はなかった。まずひとりが横になり、もうひとりが反対側からその足の間に身を横たえる。そして自分の足を相手の腹から胸のあたりに置く。下になった者は重さに耐えなくてはならないが、それ以外に眠りようがないので我慢するより仕方がなかった。そしてそれを山野井が引き受けた。山野井は右足に違和感を感じていたが、アイゼンを取り外すのがやっとで、ブーツを脱ぐことまではできなかった。そのため足のケアーをすることができなかった。

なんとか体が安定したところで、食事を作ることにした。妙子が腹の上にザックから取り出したコンロを置き、ライターで火をつけてコッヘルに湯を沸かす。コッヘルの中にあるのはテントの周囲で削り取った氷のかけらだ。高いところにいるため、つまり気圧が低いところにいるため、沸騰はしても温度は低い。あるていどの温かさになったところで、フリーズドライの五目御飯の袋に注ぎ、残りの湯でココアを作った。

妙子はいつものように食欲はなかったが、三分の一ほどを口に入れることができた。残りはすべて山野井が平らげた。

食べ終わると、もう眠るしかなかった。ほとんど会話を交わすこともなく、明日は頂上に登り、降りられるだけ降りよう、という確認だけすると、それぞれのヘッドランプを消した。

二人はとろとろとした浅い眠りに入った。苦しい体勢だが、やがて時間は過ぎていく。そうしたことは何百回と経験している。だから、ただ耐えるように時間の過ぎるのを待った。

第六章　雪煙

1

ベースキャンプを出て三日目の朝になった。

ぐっすりというわけにはいかなかったが、あるていど眠ることはできた。山野井と妙子は暗いうちに出発の準備を始めた。湯を沸かしてコーヒーを入れ、ビスケットをかじった。山野井は寝袋とテントをザックに詰め、妙子は寝袋とコンロをザックに詰めた。

山野井はテントを専用の薄い袋にしまいながら、まだ自分は大丈夫だなと思っていた。テントを袋に入れてからザックに詰めるか、剝《む》き出しのまま詰めてしまうかは、いつでも自分の疲労度を計るバロメーターの役割を果たしてくれるのだ。

すべての準備が終わり、登攀《とうはん》を再開したときはまだあたりは薄暗く、ヘッドランプを頭につけ、点灯する必要があった。

切り立った氷雪壁が続く中を、二人はトップを交替して登った。トップがアイゼンをつけたブーツを壁に蹴《け》り込み、足をのせるステップを作る。セカンドはそこに足をのせて上がればいいので格段に楽だ。しかし、セカンドが楽なのは、単にステップが切られているからというだけが理由ではない。トップは、どのルートを取れば安全か常に上を見て判断しながら登らなければならないが、眼の前だけ見ていればいいセカンドは、その神経を使わなくて済むのだ。

傾斜は急だが、蹴り込む靴の半分くらいは入る。足の筋肉には少しも疲れがきていないのに、右手でピッケルを打ち込むたびにだるさを覚える。まだ登りはじめたばかりだというのにどうしてだろう。妙子は考え、しばらくしてから、そうだったと思いついた。前の日は、テントを張るためのテラスを切らなくてはならなかった。そのために妙子は一時間もピッケルを振るいつづけたのだ。

――一時間も土方仕事をしたのだから無理もないわ。

天気はよく、上空は青空が広がっていた。前日の夕方に小雪が舞ったのは天気の崩れを告げるものではなかったらしい。山野井は安心したものの、山頂に雲がかかっているのが気になった。

山野井は、七千メートルのビバーク地点から七千二百メートルに至るまではその日のうちに登頂することを諦《あきら》めていなかった。

しかし、七千二百メートルを超えてからみるみる自分のスピードが鈍ってきた。七千五百メートルあたりに傾斜がいくらかゆるくなった台地状のところがあるのはわかっていた。しかし、七千三百メートル地点からそこに出るまでのルートを見つけるのが難しかった。

右斜め上に向かって壁をトラバース、つまり横切っていくと、雪の下から岩が出てくるようになってきた。しかも、その岩はつるつるの一枚岩であることが多いのだ。

雪が落ちないで残っているところにそっと体重をかける。そこに雪が残っているというのはそれを支えているわずかな出っ張りがあるということを意味していた。二人はそのわずか数センチの膨らみにアイゼンの前爪《まえづめ》を引っかけて体を引き上げる。いわば雪と岩を騙《だま》しながら登るのだ。

二人にとって、手掛かりがあり、足場がしっかりしていれば、たとえそこが何千メートルの切り立った崖《がけ》であろうと、ハシゴを登っているのと同じだった。しかし、そこはまるで急な滑り台を下から登るようなものだった。神経を使い、体力を使う登攀だった。

山野井は、もし妙子がロープを使おうと言い出せば、確保しあいながら登ろうと思っていた。しかし、妙子が言い出さないので、ここでもロープなしで登りつづけた。山野井は内心苦笑しながら「妙子はやはり凄《すご》いな」と思っていた。ロープなしでよくついて来る。いや、ついて来るどころか、むしろ自分より長くトップに立って登ってくれる。普通の人では絶対に登れないだろうし、登る勇気もないだろう。バランスを崩せば千五百メートル下まで一気に落下してしまう。実際、山野井自身も一度バランスを崩しかけ、危うく踏みとどまったこともあった。

妙子には、このあたりではハーケンを打って支点を作るのは難しいだろうという判断があった。いいリス、割れ目がなく、ハーケンを打ち込むところが見つかりにくい。もし自分が望めばひとつの支点作りのために一時間以上使ってしまうことになる。リスクはあるがノー・ザイルで行った方がいいのではないかと思ったのだ。

山野井はまた、あまりにもスピードが出ない自分に驚いていた。出発時のテントのしまい方による「自己診断」にもかかわらず、ひどく疲れを覚えているということもあったが、右足の状態がかなり悪くなっているのも影響しているようだった。右足が冷たくなり、蹴り込むたびに痛みを覚えるようになっていた。これではこの日に頂上まで行くことはできないな、と思わないわけにいかなかった。

午後六時になって、ようやく七千五百メートルに至り、傾斜の比較的ゆるい台地状のところに到達した。それは登りはじめてから初めてのピッケルを使わずに足だけで立てるところだった。

もう、そこにテントを立ててビバークするより仕方がなかった。

上空はいつの間にか曇っていた。山頂だけでなく、ギャチュンカン全体が不気味な雲に覆《おお》われていた。エヴェレストが見えなくなり、ガスが押し寄せ、やがてついに恐れていた本格的な雪が降りはじめた。

妙子は、急な壁を登っているときにはさして遅れなかったが、台地状のところの百メートルほど手前から急激にスピードが落ちた。それまではトップで行くことが多かったが、傾斜がゆるくなるにしたがって、ほとんど動けなくなってきた。深い雪の中を歩くのに耐えられなかったのだ。一歩足を運ぶたびに大きく息をつかなくてはならなかった。酸素は明らかに薄くなっていた。

先に登っていた山野井は、台地状のところの端にできている巨大な雪のひさし、セラックから少し離れたところにテントを設営しはじめていた。

その場所の選定にも、長年にわたるソロ・クライマーとしての山野井の経験が生かされていた。確かに、できるだけ先に、頂上に近いところに行きたいという気持はあるが、あまり山頂側の崖の近くに設営すると、上から雪崩《なだれ》が押し寄せてきたとき、巻き込まれて押し流されてしまう。しかし、あまり離れると、登頂して山頂から降りてきたとき、たとえば雪が降ってホワイトアウトの状態になった場合など、まったく手掛かりがなくて探せなくなってしまう。山野井は、北東壁側に走っている小高い稜線《りようせん》をひとつの目印として、テントの位置を決めた。

妙子はなんとか山野井がテントを設営している地点までたどり着いたが、そこで一気に力が抜けてしまった。不意に便意を催し、少し離れたところで用を足した。ところが、あまりにも疲労困憊《ひろうこんぱい》しているため、下げた羽毛服やフリースをなかなか上げることができない。一枚一枚、喘《あえ》ぎ喘ぎ引き上げた。そのため、山野井ひとりにテントの設営を任せ、手伝うことができなかった。

その妙子の様子を見て、山野井は少し苛立《いらだ》った。手伝えないことに腹を立てたのではなかった。また、こう思ったのだ。

――そんなんじゃ、頂上に立てないぞ。

山野井は、なんとしてでも妙子にこの山の頂《いただき》に立ってほしかったのだ。

テントが設営されると、山野井はプラスチックブーツを脱いで中に入った。靴を脱ぐことができたのは、取り付き手前のビバーク地点を出てから、実に四十時間ぶりのことだった。

右足が冷たくなっていることはわかっていた。毛と特殊な化学繊維でできているインナーシューズは、本来いくら汗をかいても水分を外に出してくれるもののはずだった。しかし、放出がうまくいかなかったらしく、カチカチに凍っていた。恐る恐るインナーシューズを脱ぐと、その下に履いている靴下も凍っている。それを脱ぐと足の指がローソクのように白くなっていた。とりわけ親指の白さが不気味だった。明らかに凍傷の一歩手前の状態だった。

靴下の履き方が悪かったのか。靴の紐《ひも》の結び方が悪かったのか。それとも、靴の蹴り込み方の角度が悪かったのだろうか。

妙子が血が通うようにとマッサージをしてくれた。しかし、いくらさすっても以前のような健康的な肌の色に戻ることはなかった。

それを見ながらちらっと思った。

――もしかしたら、妙子のようにオーバーシューズを履いた方がよかったのだろうか……。

妙子はもともと冷たさに弱いので常にオーバーシューズを履いて高峰に登る。履いてもバランス感覚がいいので登攀にはあまり邪魔にならないらしい。オーバーシューズを履いた妙子の足は無事だった。

日本の奥多摩の家で荷物の詰め込みをしているとき、山野井が迷ったことが二つある。

ひとつはロープである。クライミングに使うのは五十メートルのロープ一本ということは決めていた。それを七ミリのものにするか八ミリのものにするか迷ったのだ。登りにも使うとすれば八ミリは必要だろう。しかし、下りだけなら七ミリでも耐えられるかもしれない。太くすれば強度は増すが重くなる。たとえその差がわずかなものであったとしても、可能な限り軽量化して速攻の登山を目指すアルパイン・スタイルにとっては大きく響く。それと、太くなると嵩《かさ》ばるということがある。嵩ばると重さ以上に重く感じられるものなのだ。結局、ギャチュンカンの北東壁では、使っても下降時だけだろうと判断し、ダイニーマー製の七ミリのロープを持って行くことにした。ダイニーマーは、いくらかしなやかさに欠けるが強度はある。それと、順化の際に使うものとしては、コスモトレックに保管しておいてもらっている九ミリ五十メートルのものを持っていくことにした。

そして、迷ったもうひとつのものがオーバーシューズだった。

多くの人がヒマラヤの高所登山では履いているし、妙子も必ず履いていた。しかし、山野井の美意識には合わないものだった。酸素ボンベをかつぐというほど醜悪ではないにしても、できるだけ軽やかにというアルパイン・スタイルの登山にはふさわしくないように思えたのだ。それに、実際的な側面としても、基本的には足で歩くことが主体となるノーマル・ルートの登山と違い、山野井が望むようなバリエーション・ルートでは、手足を使って「攀《よ》じる」ことが主体となるため登りにくいということがある。壁から足先がどんどん離れていってしまうのも不安だった。

そのため、これまでまったく用いたことがなかったが、二年前のK2のときは試しに履いてみることにした。さすがに八千五百メートルを超える山は、普通の八千メートル級の山とは異なる寒さがあるかもしれないと思ったからだ。そのとき、オーバーシューズというのは暖かいものだなと知った。このギャチュンカンでも履けば足が暖かいだろう。だが、ギャチュンカンの壁には、暖かさより微妙な動きの方が必要だと思われた。それに、自分は人並み以上に寒さに強いという自信があった。

しかし、このギャチュンカンでは、原因がどこにあるのかわからないまま、右足が凍りはじめているようだった。

少し落ち着いてから食事の準備に取り掛かった。テントの外の雪をコッヘルに入れ、ガスコンロで湯を沸かした。とにかく、こうした場所では、すべては湯を沸かすことから始まる。

ここでの食事は乾燥焼きそばを食べることにしていた。これが意外にカロリーが高く、山野井の好物でもあったのだ。あとは、ワカメスープを作った。

妙子はいつものようにまったく食欲を失っていた。なんとか水分をとろうとしたが、ワカメスープを飲んでもすぐに吐いてしまう。飲んでは吐き、飲んでは吐き、やがて水分を取ることを諦めた。

外では雪が降りつづいている。風はなかったので、雪がテントの屋根に当たる音が聞こえてくる。その静かでやさしい音は、しかしどこか不吉さを感じさせるものだった。

このまま天気は大きく崩れていくのか。それとも明日には回復しているのか。もし崩れていくことになるとしたら、この登山は予想していた以上に難しい局面を迎えることになるかもしれない、と山野井は思った。

しかし、すべては明日になってみなければわからない。雪が降り止《や》むという前提で、朝の起きる時間を決め、スケジュールを確認した。

この七千五百メートル地点から、早朝に頂上へのアタックをかけ、下山してここに戻り、テントを撤収してさらに七千メートルまで降り、そこでビバークする。そうすれば、明後日《あさって》には取り付き下の一日目のビバーク地点に戻れるだろう……。

山野井の説明に、「うん」と妙子は返事をしたが、果たして明日、自分は頂上に立てるだろうか疑問だった。あまりに調子が悪かったからだ。

2

次の日の朝になっても、雪は激しくなるばかりで降り止もうとしなかった。

頂上へのアタックをどうするか。残りは標高差四百五十メートル。普通なら問題はないが、この天候では危険が増す。

八千メートル近い山の頂上を、吹雪の中でアタックするという例はあまりない。極地法では、最終キャンプで雪に降り込められれば、アタックするメンバーを交替させようとするかもしれない。七千メートルを超えるようなところでは、一日でもよけいにいると激しく体力を奪われてしまうからだ。アルパイン・スタイルでは、短期決戦をするため好天が続くと思われる期間を選んでアタックすることになる。そして、もし悪天候に捕まれば撤退するだろう。いま、山野井たちはその悪天候に捕まってしまったことは明らかだった。

冷静に判断すれば登頂を諦めて降りるべきかもしれない。ここで降りれば二割か三割の危険の登山で終わるだろうが、頂上を目指せば五割の危険性が出てくる。五割の危険性、それは生と死の確率が半々になるということだ。

しかし、山野井に降りるという選択肢はなかった。

山野井には登ったまま帰れなくなると知っていても登ってしまうだろう頂がある。たとえばマカルーの西壁のような、あるいはジャヌーの北壁のような困難な壁を登った果ての頂上なら、その一歩が死につながるとわかっていても登ってしまうかもしれない。なぜなら、それが山野井にとっての「絶対の頂」であるからだ。「絶対の頂」なら突っ込むかもしれない。いや、心の奥深いところには、死を覚悟で「絶対の頂」に向かって一歩を踏み出してみたいという思いすらある。

だが、この北壁からのギャチュンカンの頂は、そうした「絶対の頂」ではなかった。これを登ったからといって登山の歴史が変わるわけでもない。

ただ、頂を前にした自分には常に焦《あせ》っているところがある、ということが山野井にはわかっていた。決して功名心からではなく、そこに確かな山があるとき、その山を登りたいという思いが自分を焦らせてしまうようなのだ。

それは頂上に登った瞬間の達成感を欲しているからだろうか。いや、そうではない、と山野井は思う。頂上に登った瞬間ではなく、頂上直下を登っている自分を想像するとたまらなくなるのだ。間近に頂上が見えている。そこにはまだ到達していない。しかし、もうしばらくすればたどり着くだろう。そうした中で、音を立てて吹きつけてくる強い風の中を、一歩一歩登りつづけているときの昂揚感《こうようかん》は何にも替えがたいのだ。

もしこの七千五百メートルの地点でベースキャンプに引き返せば、二度目のアタックはありえない。もうそれだけの体力は残っていないからだ。ここから引き返すということは、このギャチュンカンの登山の終わりを意味していた。

一方、妙子にもこのまま降りてしまうという選択肢はなかった。だが、雪が降りやむまで待つという選択肢はあるかなと思っていた。視界があまりきかなくとも、山頂まで急な斜面が続いているなら、登る方向を間違えることはない。しかし、このように、しばらく台地状のところを行かなくてはならないとなると、迷う可能性がある。

そこで山野井に提案した。

「少し待ってみようか」

山野井もしばらく待って様子を見ようという気になった。そこで、二人は寝袋に入り直して天候の変化を待つことにした。しかし、テントの外がうっすらと明るくなっても状況は変わらなかった。雪は激しく降りつづいている。

午前八時になった。それは、その日のうちに頂上に登り、このテントを撤収し、さらに七千メートルまで降りることのできるギリギリの時間だった。あるいは、そこでもう一日様子を見るという考え方もあったが、この高さでさらに時間を過ごすことは、肉体的にも天候的にも条件は悪化するだけだと判断した。

頂上までの標高差は四百五十メートルあるが、この上の急斜面はほとんどダブルアックスで登ることができる。これまでの経験では、どのような状況でも、飛ばせば四時間で登り切ることができるはずだった。ということは、正午には登頂できるということになる。四時間で登れるとすれば、一時間半で降りられる。つまり午後の一時半から二時にはテントにたどり着けることになる。そうすれば、暗くなるまで五時間は余裕がある。五時間あれば、ここから下の難しい壁も五百メートルは降りられるだろう。そして七千メートルのところでビバークする。

山野井は出発することを決断した。ザックにロープと登攀《とうはん》具と二人の予備の手袋とヘッドランプとリチウム電池を入れ、妙子はカメラを首からぶら下げて出発した。

二人はテントの外に出るとゴーグルをつけた。雪は強く顔面に吹きつけ、積もった雪は膝《ひざ》の上まである。山野井がトップでラッセルしながら台地状の緩斜面を横切り、頂上に続く急斜面に向かった。しかし、すぐに妙子が遅れはじめた。道はできているのに、前日まで垂直の壁であれほど力強く登っていたのが嘘《うそ》のような遅れ方だった。傾斜のあまりないところでは、下半身だけで体を運ばなくてはならない。それが妙子にはとてつもなく苦しくなっていたのだ。

妙子は、嘔吐感《おうとかん》だけでなく、めまいも感じはじめていた。単にくらっとするというていどのものではなく、思わず立ち止まり、うずくまり、またどうにか立ち上がるという状態だった。

ラッセルしながら前を行く山野井も調子がよいとはいえなかったが、妙子とのあいだにしだいに距離ができてきた。

三百メートルほど行くと、七十度くらいの傾斜の急な壁になった。

山野井が、ピッケルとバイルを使うダブルアックスで七、八十メートル登ったとき、下の方から声が聞こえた。

「泰史！」

振り向くと、壁の手前二、三十メートルのところで、妙子が立ち尽くしている。どうしたというように見ていると、妙子がまた叫んだ。

「調子が悪いから、テントに戻る」

妙子は、自分のこのコンディションでは、このまま登りつづけて頂に立つことは不可能だと判断したのだ。急斜面でめまいでもしてしまえば滑落しかねない。

「わかった！」

山野井は短く答え、こう付け加えた。

「俺は、頂上に行ってくるから」

そう言った瞬間、カメラは妙子が持っていることを思い出した。カメラがなければ登頂してもそれを証拠立てるものがない。どうしようかと思ったが、いまの自分の体力ではもうこの壁を降り、カメラを受け取ってからふたたび登り返すことはできないのがわかっていた。登頂するためにはカメラを断念せざるを得なかった。それに、たとえ登頂を疑われたとしても、それは別にかまわなかった。スポンサーがいるわけでもなく、レポートを発表しなくてはならない媒体があるわけでもない。自分のために登っているだけなのだ。

登ったことは自分だけが知っていればいいのだ。確かに、自分の登山の記録を、何年か、何十年かのちに眺めてみたいという思いがなくはない。しかし、最近はそれもどうでもよくなっていた。山野井はカメラを諦《あきら》めることにした。

そのとき、ふとトモ・チェセンのことがよぎった。

一九九〇年、難攻不落のローツェ南壁を、アルパイン・スタイルのソロで落としたチェセンは、一躍登山界のヒーローになった。ところが、登頂から三年目、チェセンが自分のものとして発表したローツェ登攀中の写真が、他人の撮ったものだったということが発覚し、登頂そのものが疑われることになった。もともと登頂写真を撮っていないところに不自然さがあったのだが、登山界の「クライマーの言うことを信じる」という不文律によって不問に付されていたのだ。その事件が明るみに出ることで、一九八九年のジャヌー北壁の登頂も疑われることになった。それもまた登頂写真を撮っていなかった。

山野井が、一九九〇年のフィッツロイの冬季登攀のあと、ヒマラヤに眼を向けることになった大きな要因が、チェセンのジャヌー北壁のダイレクト・ソロの成功だった。自分もチェセンのような登攀をしたいと思ったのだ。

だから、チェセンには登っていてくれることを願いつづけてきた。チェセンのジャヌー北壁のような登攀があるということが、クライミングの可能性を広げるものと思えたからだ。

しかし、いま、山野井もチェセンのローツェ南壁はなかったのではないかという気がしている。体操の技でもそうだが、たとえばムーンサルト、月面宙返りのような大技が開発されると、すぐそれをマスターした選手が現れる。それと同じく、山もいちど登られると、次々と登られるようになる。ところが、ローツェ南壁はいまだチェセンを追うソロ・クライマーが現れていない。それはチェセンがあまりにも傑出したクライマーでありすぎるためだろうか。たぶん、そうではないだろう。ムーンサルトは実際に「見る」ことができたので、模倣することができた。ローツェ南壁のチェセンのソロも、後続のクライマーが「見えた」と思えば、あとに続くことができるはずだ。しかし、自分も含めて、チェセンのローツェ南壁は「見えない」のだ。

なにより、彼の書いた登攀記『孤独の山』を読むと、文章の上手《うま》い下手を別にして、実際そこを登ったという人の持つ息遣いがまったく感じられない。それは、ローツェ南壁だけでなく、ジャヌー北壁について書かれた章も同じである。ただ断片を寄せ集めたという人工的な印象を受けるのだ。

もし、このギャチュンカン北壁が、ジャヌー北壁であるなら、自分はなんとしてでもカメラを取りにいったかもしれない。しかし、取りに行くことで登れなくなるというなら、やはりカメラではなく頂《いただき》を選ぶだろう……。

壁を登りながら、山野井は妙な物悲しさのようなものを覚えていた。妙子に頂を、それもいい山の、いい頂を登らせてやりたかった。そういう思いで向かったマナスルの北西壁も雪崩《なだれ》に巻き込まれてうまくいかなかった。このギャチュンカンの北壁も結局最後まで登らせてやれなかった。それが少し悲しかったのだ。

さらに登っていくと、いま自分のかついでいるザックに妙子の予備の手袋が入っていることが思い出された。自分はまったく意味のないものをかついでいる。そのこともまた山野井を物悲しくさせた。

しかし、後になって、このときの妙子の判断が二人を救うことになるのを知る。体力を使い尽くさなかった妙子は、テントに戻ってエネルギーを蓄え、翌日からの苛酷《かこく》な下降に山野井以上の力を発揮することになるからだ。

酸素はますます薄くなっていく。雪に蹴《け》り込む足先には激しい痛みが走るようになっている。このまま突っ込んでいけば指の一、二本は切ることになるかもしれないな、と山野井は思った。

パルスオキシメーターという血液中の酸素濃度をチェックする簡易な装置がある。普段ならそれは百パーセントか九十九パーセントという数値が出ることになっている。しかし、それをここで指に挟んで計ったとしたら、五十パーセントどころか四十パーセントにも達しそうになかった。そして、一歩踏み出すごとに、一歩頂上に近づくごとに、酸素濃度は一パーセントずつ薄くなっていくような気がした。

しかし、山頂を見上げると、雪が降っているにもかかわらず、西から強い風が吹き、雲が流れ、青空が見える瞬間すらある。すべてが美しかった。

早く頂上にたどり着きたい。しかし、この甘美な時間が味わえるのなら、まだたどり着かなくてもいい。

そのとき、山野井は、妙子のことも忘れ、高みから自分を見ている眼そのものになっていた。自分が、たったひとりで、頂を目指している姿がはっきりと見えた。

かつてカー・レーサーのアイルトン・セナが、時速三百キロのスピードで走っているにもかかわらず、わずか一ミリの大きさのものすら見える瞬間がある、と言っていたような記憶があった。いまの自分もそれに似ていると山野井は思った。全身の感覚が全開され、研ぎ澄まされ、外界のすべてのものが一挙に体の中に入ってくる。雪煙となって風に飛ばされる雪の粉の一粒一粒がはっきりと見えるようだった。いいな、俺はいい状態に入っているな、と思った。

頂上にはピナクルと呼ばれる岩の塊のようなものが見える。そこを目指して歩いていくと、今度は傾斜がゆるくなり、そのさらに奥に本当の頂があった。

山頂に立つと、上にぽっかりと青い空が開き、下にギャチュンカン氷河が真っ白に見える。

八千メートルちかいところに来ると、明らかに空気の色が違ってくる。七千メートルのところを境にして、空気の層があり、空気の質が違っていることが視覚的にはっきりとわかる。

ベースキャンプの方角を見ると、テントまでは見えなかったものの、見覚えのある周辺の地形が確認できた。そして、そこまでが真っ白になっていた。一晩でこれまでにない量の雪が降ったらしい。山野井には、その白いベースキャンプまでがやけに遠く感じられた。

そのとき、激しい疲労感を覚えた。

――今回は少し無理をしすぎたかな。

そして、ちらっとこうも思った。

――生きて帰れるかな……。

しばらく頂上にとどまった山野井は、そこで亀《かめ》が首を動かしてあたりを見回すようなことくらいしかしなかった。チョー・オユーがあるはずのところにはいくつかの頂が連続して見えたが、どれがかつて自分の登ったチョー・オユーの頂かわからなかった。

しかし、いい登頂だったな、と山野井は自分に語りかけた。ギャチュンカンは自分が登ったK2よりはるかに難しい山だった。

いつもなら、ザックを置き、写真を撮ったりするのだが、カメラがないのでその必要もない。

西からの風がますます強くなってきた。もう降りるべきときだった。

登ってきたルートは降りるには傾斜がきつすぎる。遠回りになるが少しでも傾斜のゆるいところを選んでクライムダウンしていこう、と山野井は思った。

後ろ向きになったまま降りていく降り方を、クライムダウンという。手と足を使って岩の壁をクライムダウンすることもあれば、ダブルアックスで雪や氷の壁をクライムダウンすることもある。山野井は、ピッケルとバイルの頭を持ち、柄の部分を杖《つえ》のように突き刺しながら移動する、ダガーポジションでクライムダウンすることにした。

クライミングに降りることはつきものだ。登ったら降りなくてはならない。しかし、登ることに比べて、降りることのなんと楽しみの薄いことだろう。登りでは次に現れてくるものに対する新鮮な驚きがあるが、下りではただ緊張だけを強いられる。体力が落ちているところに加えて、基本的に登りより難しくなる。八千メートル級の山での遭難が、登頂直後の下りで起きることが多いのは、それが理由だ。

風だけでなく雪も激しくなり、視界がまったくきかないホワイトアウトの状態になった。

山野井は急な斜面を降り切り、ゆるやかな斜度の台地状のところに降り立った。しかし、雪のため登ってくるときにつけた自分の足跡が消えてしまっている。それは簡単にはテントにたどり着けないということを意味していた。しかも、自分でも信じられないほど体力が失われていた。少し歩いてはへたり込んでしまう。やはりコンディションが悪かったのだろうか。風邪が治っていなかったのだろうか。それより、とにかくテントを探さなくてはならない。

「妙子！」

必死に叫ぶが、風の音にかき消されてしまうのか、返事は戻ってこない。

「妙子！　妙子！」

ベースキャンプどころか、妙子がいるはずのテントが遠かった。ゴーグルの向こうはほとんど何も見えない。果たして自分はテントに向かって歩いているのだろうか。そこで山野井は、テントを設営するとき、このような場合を想定して目印にしようと思った稜線《りょうせん》を目指した。たとえテントを通り過ぎても、ほんの少し登っているのを感じることができれば、そこが稜線ということになる。

這《は》うように歩き、休んでは歩き、吹雪のあいだからようやく黄色いテントが見えたとき、助かった、と思った。


頂上に至る急斜面の手前で引き返した妙子は、テントに戻るとしばらく横になった。寝袋に潜り込み、ほんの少しうつらうつらしてから、起きて水作りを始めた。自分はほとんど飲めなくなっているが、山野井のために作っておこうとしたのだ。それと同時に、山野井の湿った寝袋を広げ、少しでも乾かしておいてあげようとした。

頂上に立って、テントに戻ってくるのは二時半から三時くらいになるのではないか。そう予想を立てていた妙子は、二時半くらいから何度か顔を出して外を見たが、山野井はなかなか姿を現さなかった。

――何か問題が起きているのだろうか。

だが、さして真剣に心配はしていなかった。山野井なら必ず戻ってくるはずだ。三時過ぎ、テントの外で自分の名前を呼ぶ声が聞こえる。テントの口を開けてみると、そこに消耗しきった山野井の姿があった。

倒れ込むようにテントに入ってきた山野井には、自分で靴を脱ぐ力もなくなっていた。

妙子は驚いたが、それと同時に、この様子では、テントを撤収して七千メートル地点まで降りる、というのは無理だろうと見て取った。テントを撤収してさらに下山するのを億劫《おっくう》に思っていた妙子は、これなら降りようと言われそうもないことにほっとしていた。

逆に、山野井は妙子が元気になっていることにほっとしていた。眼の色が生きている。それは元気が回復している証拠だった。

ガスコンロで湯を沸かし、昨夜と同じくインスタントの焼きそばを作った。山野井はそれを食べたが、妙子は一口も食べられなかった。せめて薄いコーヒーを飲もうとしたが、すぐに吐いてしまった。それでも無理に飲もうとすると、刺激を与えられた胃から出される胃液を吐くようになってしまった。

山野井の右足はさらに悪化していた。白くなっていたところが紫色になっている。

ここでクライミングが終わりなら、回復の余地はあるかもしれない。しかし、まだ降りつづけなくてはならない。山野井は、その足を見ながら、明日は困難な下降になるだろうなと思わざるをえなかった。

問題は足だけではなかった。なぜか、いつものように、あそこをこう降りていこうという明確なイメージが浮かんでこない。体力と共に、鋭敏さが欠けはじめているようだった。

しかし、だからといって気持は落ち込んでいなかった。

ヒマラヤの高所で、このように悪天候に閉じ込められている。しかも、登り以上に困難な千六百メートルの下降が待っている。自分の足の状態は悪化している。普通だったらパニックに陥っているかもしれない。だが、山野井にはなんとか切り抜けられるだろうという自信があった。

妙子にも不安はあったかもしれないが、自分以上に平然としている。こういうときの妙子について、山野井は圧倒的な信頼感を抱いていた。かつて知人にこんな冗談を言ったことがある。妙子はたとえ病院でガンを宣告されても、「そうですか」と平然と帰ってくるだろう。そして、電車の中で掛けている保険のことなどをしばらく考えると、次にはもう夜の食事の献立について考えはじめているだろう、と。山野井は、妙子がうろたえているところを見たことがなかった。

——二人ともパニックに陥っていない。こんな俺たちというのは結構すごいな。

山野井は他人のことのように感心していた。

3

翌朝も依然として雪が降りつづいており、視界があまりきかない状態だった。

これまでの経験から、モンスーン明けのヒマラヤはそう長くは崩れないということを知っていた。崩れても一日か二日で、三日も続くことは少ない。だから、登頂し終えたら、あとは天気がよくなる一方だろうと楽観視していたところもある。だが、いまや、自分たちが本格的な悪天候に捕まったことは間違いなかった。

しかも、山野井の右足の凍傷はさらに悪化していた。これでは壁に強く蹴り込むことはできないだろう、と覚悟しないわけにいかなかった。

下降はさらに困難になりそうだったが、七千五百メートルもの高所にこれ以上とどまれば体力がさらに奪われてしまう。

テントを畳み、下降を開始するとき、山野井は妙子に言った。

「先に行ってくれないか。足が痛くて蹴り込めそうもないから」

言われなくとも、妙子はトップで降りていくつもりだった。

山野井は、先にダブルアックスでクライムダウンしていく妙子のために、もっと真っすぐ下に、とか、そこはトラバースした方がいい、という指示は出したが、いま自分は妙子の力を借りて降りているという感じがしていた。一、二回蹴り込む回数を増やし、自分のためにいつもより大きなステップを切ってくれていることがわかっていたからだ。

途中、危ないからロープを出そうと山野井が言った。しかし、それは妙子が心配だったからというより、自分のいまの状況が不安だったからかもしれなかった。

ハーケンを打ち、確保し合って、三度ロープを使った。

――妙子の方が余裕があるな。

下降を続けながら、山野井はそう意識していた。

しかし、取り付きを出て以来、ほとんど食べもせず、飲みもしていない妙子のこの強さは驚くべきことのように思える。動くことすらままならなくとも不思議ではないのに、むしろ自分を引っ張るようにして下降している。

おそらく、女性クライマーであるにもかかわらず、これほどの強さを持っているということは、一緒に登った者でなければ誰にも信じられないだろう。実際、あのクルティカですら信じなかった。

ラトックI峰への試みが失敗に終わり、そのかわりに三人でビャヒラヒ・タワーに登ったときも、クルティカは妙子にトップを任せようとしなかった。山野井は、充分に妙子はトップを取ることができるのを知っていたが、クルティカは女性であることや凍傷で指を失っていることから、やはり信頼できなかったようなのだ。

妙子の強さの一端はその「血」にあるのかもしれない。妙子の両親は代々農業に従事してきた。両親は日々田畑に出て働く頑強な肉体を持っていた。妙子は自分もその肉体の恩恵を受けていると思っている。

それに関しては、山野井も苦笑するような思いで認めざるを得ないことがある。

妙子の一家が東京に出てきて、奥多摩の山野井の家に泊まることがある。すると、朝の四時ころから居間がざわつきはじめる。よその家に泊まっているのだからゆっくり寝ていればいいのに、日頃の習慣でつい起きて動き出してしまうのだ。そして、八時頃まで寝ている山野井をなんとなく非難がましい眼で見る。妙子もまた早寝早起きだった。

だが、もちろん、農民の血というだけでは説明がつかない。

高校生のときにバスケット部に入ってハードなトレーニングをしたことも役に立っているだろう。高山研究所でトレーニングとクライミングだけの日々を送ったことも大きかったろう。山野井と暮らすようになってからは、一緒に走ることも多くなった。しかし、なにより、妙子の強さを支えているのは、その強靭《きょうじん》な精神力であるように思える。自分はクライミングが好きだという一点から揺らぐことがない。妙子は、好きなクライミングをしているかぎり、どんなことでも耐えられるのだ。

二人は下降を続けた。

登っているときは、こういうものが見られるだろうとか、こういう自分を感じられるだろうといった期待があるが、下りは体力が落ちていることもあり緊張しなくてはならない。下りがつらいのは、期待できるものがなく、緊張だけが高まるからだ。

だが妙子は、傾斜のきついところになってさらに力を出せるようになっていた。登りでも傾斜のあるところは平気だったが、下りなら重力の助けを借りられるだけなお楽だと感じていた。

登る前に、ビバークができるかもしれないと考えていた七千二百メートル地点までは、妙子が先に降りた。そこは岩が帯状に露出している、いわゆるロックバンドの真下のところだった。

夕方になってしまっていたので、先に着いた妙子は、どこかにテントを張れるところはないかと探した。下から見たときは、テントを張れるところがありそうに思えたが、どこにもふさわしいところが見つからなかった。仕方なく雪を削りはじめたが、すぐに岩になってしまうため数センチしか削れない。

たどり着いた山野井が、七、八十センチほど張り出した岩の下に、持っている六本のハーケンをすべて打った。そこを支点とするロープに体を結びつけて、落ちないようにする。

そして、なんとか妙子が削った十センチ足らずのテラスとも言えないテラス、棚とも言えない棚に腰を掛けてビバークすることにした。七、八センチでも、平らならまだ救われたかもしれない。だが、谷に向かって斜めに下がっているようにしか削れなかったため、ずり落ちそうになるのを必死にこらえなくてはならなかった。

まるで、それは二羽の鳥が断崖《だんがい》に生えている木の枝に留まっているような姿だった。

その苛酷《かこく》さにおいて、七千メートル以上の高所でのビバークとしては例のないものだったかもしれない。匹敵するものがあるとすれば、クルティカがオーストリア人のロヴェルト・シャウアーと登ったガッシャブルムⅣ峰におけるビバークくらいだったろうか。途中の壁でビバークを余儀なくされた二人は、わずかな岩のテラスに足を乗せ、立ったまま夜明けを待たなくてはならなかったのだ。

「離れ離れで、食事はどうしたの？」

あるとき、妙子がクルティカに訊《たず》ねると、こう言って笑った。

「何もなかったので問題はなかった、ノー・プロブレムさ」

それに比べれば、わずかに尻《しり》を乗せられるところがあるだけでも恵まれていると言えなくもない。

だが、座るというより、ロープにぶら下がっていると言った方がいいような状態になっている。空中に投げ出された足は鬱《うっ》血《けつ》し、さらに凍傷を悪化させることになりそうだった。

凍傷の原因にはさまざまなものがあり、それらが複合的に作用してダメージを与える。温度の低さ、風の強さ、手袋や靴下が湿っていることによって冷たくなること、袖口《そでぐち》などがきつく締められていて血行が悪くなること、冷たい金属に触れること。そうしたことによって末端にまで血液が行かなくなり、最終的に腐ってしまう。

登攀《とうはん》を開始した最初の日の夜に、凍った靴下やインナーシューズを乾かしたり、マッサージをしていれば違っていた。しかし、五十センチの棚を切るのが精一杯で、狭いテントの中ではブーツを脱ぐこともできなかった。そして、この下りのビバークでは、ブーツを脱ぐことはおろか、ブーツの紐《ひも》をゆるめることもままならず、アイゼンをはずすことすらできなかった。万一、この高所でアイゼンを落としてしまったら、下降することは不可能になる。そして、それは、そのまま死を意味していた。

ザックからテントを取り出し、寒さから身を守るためにかぶることにした。テントは袋状になっているため、出入り口からすっぽりかぶることができるのだ。

しかし、それでも零下三十度から四十度にも達しようという寒さをわずかに防げるという程度だった。

遠くで雪崩《なだれ》が起きるのが聞こえてくる。以前は、さほどでもなかったが、マナスルで雪崩に遭って以来、その音を聞くと息苦しさを覚えるようになった。

テントをかぶったままの状態で、妙子はザックからコンロとコッヘルを取り出した。そして山野井はコッヘルを受け取ると、テントの口から手を伸ばして雪を掻《か》き入れた。そして、それを自分の膝《ひざ》の上に置いたガスコンロにかけ、点火し、胸に抱えるようにして湯を沸かした。その湯で作ったコーヒーを、山野井はコップ半杯分ていど飲み、妙子はなんとか一口だけ飲んだ。

使い終わったコンロとコッヘルをザックにしまうと、もう何もすることがなくなった。あとはただ朝になるのを待つだけだ。

そのときだった。上の方で凄《すさ》まじい音が発生した。かすかな地響きと共にその音が近づいてくる。

——雪崩だ！

声は出なかったが、恐怖に体が固くなった。山野井に、一瞬、マナスルの雪崩で生き埋めになったときの苦しさが甦《よみがえ》った。

——来る！

音を聞いてから数秒後、激しい衝撃を受けた。雪の塊が頭部を直撃した。一瞬、首の骨が折れたのではないかと思った。かぶったテントごとテラスからずり落ち掛かったが、確保してあるロープによって辛うじて転落を免れた。山野井の打ったハーケンが見事に効いていたのだ。

雪の塊が下の方に流れ去り、自分たちがまだ生きていることを確認して、一息ついたあとで山野井が妙子に言った。

「大丈夫か」

「大丈夫」

二人とも、テントの口から入ってきた雪にまみれてはいたが、どこも怪我《けが》はしていなかった。

「ここも安全じゃなかったみたいね」

妙子が言った。頭上でわずかに張り出している岩が守ってくれるかと思ったが、ほとんど意味がなかった。だが、妙子はさほど困った事態になっているとは思っていなかった。ひとりではなく山野井が一緒なのだ。絶対に的確な判断をしてくれる人がいる。それがこれほどの雪崩に遭っても平静でいられる理由だった。

「ハーケンを確認してくる」

山野井はヘッドランプをつけて支点のところまで行き、バイルでハーケンをあらためて打ち直した。

テントの中に潜り込み、やっと落ち着くことができた。

そのとき、上から大型トラックのエンジンのような音が聞こえてきた。また、雪崩が襲いかかってきたのだ。

山野井は、こんどは声を出して叫んだ。

「壁に、体を押しつけろ！」

人間は、危険から身を守ろうとすると、どうしても体を丸めてしまう。しかし、丸めてしまうと、落下してくる雪崩の衝撃を全身で受け止めてしまうことになる。こういう場合は、体を壁側にそらせ、雪を滑らせるようにすればいいのだ。しかし、そうはしたものの、雪崩の衝撃からまったく逃れることはできなかった。

そして、雪崩は二度では終わらなかった。三度、四度と雪崩は繰り返し襲ってきた。

「ハーケンに体重をかけすぎると危ないぞ」

山野井が言った。

「わかってる」

しかし、そうは言っても、妙子の体勢は極めて苦しいものだった。かぶったテントの布地が尻で引っ張られ、頭を押さえつけてくる。首を曲げ、体をひねることを強いられた。それがわずか十センチ足らずのテラスの上でのことなのだ。確保されているロープに体重を掛けないわけにはいかなかった。

「首が苦しい」

妙子が言った。だが、山野井にはどうしてやることもできなかった。ただ、俺だって苦しいんだから我慢しろ、という言葉を飲み込むくらいのことしかできなかった。

もう、いままで以上の大きさの雪崩が来たら、ハーケンは耐えられないだろう。そのときは、テントに入ったまま、千三百メートル下まで流されることになる。それを想像すると、息苦しくなってくる。体が露出していればまだ救われる。布に包まれたまま転げ落ちるのはいかにもつらかった。

しかし、このように何度か雪崩が発生しているのは希望が持てることなのかもしれなかった。ひとつひとつの雪崩にエネルギーが分散され、巨大な雪崩が発生するのを防いでくれているのかもしれなかったからだ。

この絶望的な状況の中でも、二人は神仏に助けを求めることはしなかった。ただひとつ、山野井は心の中で、この圧倒的な自然というものに対して呼びかけていたことがある。どうか小さな自分たちをここから叩《たた》き落とさないでほしい、と。

二人は、巨大な雪崩が起きないことを願いつつ、朝になるのをじっと待った。

第七章　クライムダウン〈下降〉

1

頭からすっぽりかぶったテントの黄色い布地の向こうが、わずかに明るくなってきた。凍りついた体を動かすと、筋肉がミシミシと音を立てそうなほど強《こわ》ばっている。

雪は小降りになっていたが、これまでの積雪で雪崩《なだれ》が起きやすくなっていることは間違いなかった。登りのルートをそのまま降りたのでは雪崩に遭いそうだった。そこで、大きなオーバーハング帯を迂回《うかい》した登りのルートを捨て、六千七百メートル付近から始まる岩溝の上まで真っすぐ降りることにした。登るとき、何かあったらここを使おうと話していたが、その何かが起こってしまっていた。

——今日は勝負だぞ。

山野井は自分に言い聞かせるように思った。

七千メートルを超すところで無酸素の状態で何日も過ごすことはあまりにも危険だ

った。二、三日ならまだしも、すでに五日目に突入している。

何があってもこの日のうちに氷河上に降り立たなくてはならない。降りられなければ大変なことになる。ルート上のすべてが切り立っており、ビバークできるところがない。

しかし、そのときは、降りられなかったらどうしようという不安より、今夜はゆっくり横になって眠れるのだという期待感の方が強かった。

七十度くらいの急な壁を、支点を作り、ロープで互いに確保しあいながらクライムダウンで降りた。

二人は安全ベルトのハーネスにカラビナをつけ、ロープの先端を結ぶ。ロープの結び方には、ブーリン結び、フィッシャーマン結びといろいろあるが、山野井たちは最もしっかりしている8の字結びをすることにしていた。

だが、この下降の際も、まだ妙子に余裕があった。

先に降りたのは山野井だが、このような下降では先に降りる方が楽なのだ。後から降りるのは、支点に使ったハーケンなどを回収するという作業の面倒さだけでなく、万一降りはじめのところで落下した場合、ロープの長さの二倍、つまりこの五十メートルのロープの場合は百メートルも落下するということを意味していた。

ただ、支点作りは妙子よりはるかに熟達している山野井が常に引き受けた。

いつの間にか晴れ間が出ていた。下に白い氷河が見え、自分たちが登りに使ったルートの方では断続的に大きな雪崩が起きていた。崩れた雪が陽光にキラキラと美しく輝きながら氷河まで落ちていく。山野井は気分がよかった。その景色が美しかったこともあるが、こう思ったからだ。

――さすがに俺たちの選んだルートは正しかった。

もちろん、それは「俺たちの選んだ」ではなく「俺の選んだ」ということと同じだったのだが。

岩がもろく、しっかり効きそうな支点を作るのに時間がかかり、支点作りと下降を六ピッチ、六回繰り返すだけで午前から午後にかけての時間の大半は過ぎていった。七ピッチ目のときだった。そこからはさらに傾斜がきつくなり、ほとんど垂直に近い部分もある。手と足を使って降りるクライムダウンは無理そうだったので、懸垂下降をするつもりだった。

言葉としての「懸垂」は基本的に「真っすぐに垂れ下がること」を意味する。いわゆる鉄棒で腕の屈伸をすることをイメージすると間違ってしまう。クライミングにおける懸垂下降とは、真っすぐに垂れ下がったロープを伝って降りることなのだ。

山野井は、次の懸垂下降に備え、新しく作った支点から取ったスリング、小さなロープの輪で自己確保をしていた。本来は、ロープを直接支点に結びつけて確保しておくべきなのだが、次の作業を早めるために省略していた。

妙子は、上の支点で使ったハーケンなどを回収し、慎重に降りてきた。見上げている山野井に、妙子の靴の裏が大きく見えてきた。あと三、四メートルでここに着くだろう。妙子をこの急な崖《がけ》のどこに迎え入れるか。山野井がそう思って視線を上から下に向けた瞬間だった。

腹の底に響きわたる低い音と共に、激しい勢いで雪の塊が覆《おお》いかぶさってきた。雪崩だった。雪崩に直撃されていたのだ。

雪の塊に体を吹き飛ばされながら、山野井は必死に叫んでいた。

「止めてやるぞ！」

しかし、妙子を確保しているロープは山野井の手の間から凄《すさ》まじい勢いで滑っていってしまった。

ロープはやがてピンと引っ張られた状態で止まった。ということは、妙子は五十メートル以上落ちたということだった。

しかも、そのロープが山野井の右足に引っ掛かり、体が逆さまになってしまった。自分の体は新しい支点から取ったスリングに結ばれている。一方、ロープはその支点に通していなかったため直接自分の体につながっている。山野井のハーネスには妙子の全体重がかかり、支点とのあいだで引き裂かれるようにつながれてしまったのだ。

山野井は横向きになったまま、からまった足をどうにかロープから外し、体勢を立て直すと、ロープを引っ張り、妙子を引き上げようとした。しかし、ロープはびくともしない。山野井は動きが取れなくなってしまった。

山野井が身動きできなくなったのは、次に行うつもりだった懸垂下降の作業を早めるため、ロープを支点に通して留めておかなかったからだが、このことは大きな意味を持つことになった。妙子が落下し、その重さが支点の一点にかかったとしたら、その衝撃に耐えられずハーケンは抜けていたかもしれず、また一瞬で張り詰めたロープも切れていたかもしれないのだ。ロープは山野井の体と結ばれていたため、それがひとつのクッションとなり、衝撃を吸収してくれた可能性があるのだ。

山野井はロープの下に向かって叫んだ。

「妙子！」

崖は急になり、下はかすかに張り出している。そのためその下で妙子がどのような状態にいるのかわからない。

「妙子！」

何度呼んでも応答がない。生きているのか、死んでいるのか。もしかしたら落ちていくあいだにどこかをぶつけて意識を失っているかもしれない。山野井はショックを与えるため懸命に引っ張りはじめた。そうすれば意識を回復するかもしれない。しかし、ロープは岩が張り出したところを支点としてまったく動かない。

もしかしたら、妙子は死んでしまったかもしれない。自分はスリングとロープに二方から引っ張られ身動きが取れないが、もし死んだのならロープを切らなくてはならない。しかし、手元から切るわけにはいかない。手元から切るということは妙子の死体を氷河上に落とすということであると同時に、ロープを捨てるということも意味する。ここからロープなしでは降りられない。

山野井の頭の中ではさまざまな考えが渦を巻いていた。

万一、妙子が死んでいても、ロープは残さなくてはならない。しかしロープを外して降りていき、妙子の死体のそばで切るということはできない。この状態でロープをはずすなどということは不可能だからだ。残された方策はただひとつ。まず別のスリングを使ってロープと支点を結び合わせる。これには高度な技術を要するが山野井にはできるという自信があった。それが確実に結び合わさったところで自分と近いところのロープを切断する。すると妙子の体重は支点に移り、自分は自由になる。それから妙子のところまで降りていき、死んでいたら、体に近いところからロープを切断する。妙子の死体は氷河に落ちて行くだろうが、ロープは残る。その切断されたロープを自分のハーネスにつけ、もういちど上の支点まで登り返す。それからロープを二本にして懸垂下降をする……。

頭の中でシミュレーションをし、この危機的な状況においても最悪のケースに何とか対応できるということを確認してから、さらにロープを引きつづけた。

妙子は雪崩で飛ばされ、流され落ちながら、頭の片隅で考えていた。

——このまま死ぬのかな。

そして、死ぬとしても苦しんで死ぬことはないだろうなと冷静に考えてもいた。千メートルも落ちるのだ。そのあいだには意識を失うだろう。

しかし、流されていたのは数秒のことだった。その数秒がとても長く感じられたが、上に引っ張られるような強い衝撃とともに落ちるのが止まった。気がつくと、体が逆さまになっていた。わずかに張り出している岩からロープにつながれたままぶら下がっている。そのためどこにも足がつかない。十分くらい大暴れしてどうにか体を真っすぐに戻すことができた。

ほっとして上を見て、これは参ったなと思った。岩の角でロープが切れそうになっている。ロープの黄色い外皮は切れ、中の白い芯《しん》も切れかかっている。そのロープを山野井が上から懸命に引っ張っているのがわかった。

「引かないで！」

必死に叫ぶが、聞こえないらしい。風に掻《か》き消されて声が届かないのだ。

このまま引っ張られているといつか切れてしまう。切れたらさっきイメージしたように千メートル下まで落ちて確実に死ぬだろう。

妙子の美点のひとつは、どのような状況に置かれてもパニックに陥らないことである。妙子は瞬時に判断した。二メートルほど右手に氷のように固そうな雪の壁がある。そこに飛び移ろう。

上を見ないで振り子のように体を振ることにした。そのために切れかかっているロープが本当に切れてしまうかもしれない。しかし、それしか方法はないのだ。だったらやるしかない。

何回か試みて、やっと右足が掛かった。バイルとピッケルを雪壁に叩《たた》き込み、さらに左足を移すことに成功した。妙子は壁に貼《は》りついたが、そこが垂直ではなく七十度あまりの壁だったことが幸いした。あまり腕力に頼らなくても足で立つことができたからだ。

「引っ張らないで!」

そう叫びながら、片手を使って8の字結びをしたロープをそのままカラビナからはずした。開閉部が簡単なノック式で、ネジ式の安全カラビナでないのが幸いした。そうでなければ、雪崩に流された拍子に片方の羽毛の手袋を飛ばされ、凍りはじめた手では外せなかったかもしれない。そして、いつかは山野井に引っ張られつづけたあげく切れていただろう。

はずされたロープの先端は、上で引っ張られると、するすると上がっていった。それを見れば山野井はすべて了解してくれるだろう、と妙子は思った。

山野井は引いているロープが不意に手ごたえがなくなるのに驚いた。

――しまった、切ってしまったかな?

切れたとしたら、落ちたということになる。落ちたということは死んだということだ。

しかし、引き上げてみるとロープの末端に8の字結びがそのままついている。ということは、切れたのではなく外れたということだ。山野井は、妙子が、ネジ式の安全カラビナを使っていないことを知っていた。ノック式のカラビナは、開閉口が思わぬときに開いてしまうことがある。もしかしたら、外れてしまったのかもしれない。しかし、すぐに、いや、と思った。あれだけ体重がかかっていて突然外れるということはありえない。外れたのではなく外したのだ。だとすれば生きている。そして、ロープを外せたということは手を使える場所に降りられたということかもしれない。山野井は、もう一ピッチか二ピッチ降りれば傾斜がゆるくなっているところに到達しそうなことは予測済みだったので、そこに着いたのかと思った。もし、そうだとすれば、あとはロープを使わず、ダブルアックスで降りることができる。山野井は希望を持ち、こう思った。

——やったぞ、これでロープを捨てられる。

山野井はそのロープを使って妙子のもとに降りはじめた。

2

壁に貼りつき、山野井の助けを待っている妙子の周囲が少しずつ暗くなってきた。ザックからヘッドランプを取り出してつけることにした。そのとき、額からベットリと血が流れているのがわかった。落下するときに岩にぶつかって裂傷を負ってしまったのだろう。だが、体のあちこちに意識を送り込むようにして確かめたが、どこも骨折はしていないようだった。それは幸いだった。骨折していたらもうここから降りられない。さすがの山野井も助けることはできないだろう。

凍るような寒さのせいか傷の痛みは感じなかった。不思議と山登りをしていると、出血をするような傷を負ってもあまり痛みを感じないものなのだ。

十数年前、鹿島槍天狗尾根《かしまやりてんぐ》で圧迫骨折をした際もそうだった。氷壁を登っていて五十メートル以上も下の滝に落ちた。こんなに落ちても平気なんだ。すごいと思って立ち上がろうとしたら、力が入らない。それでどこかを骨折したことがわかった。実際には腰椎《ようつい》を折る大怪我《おおけが》だったが痛みはなかったのだ。もっとも、ヘリコプターで搬送され、ヘリポートで降ろされるとき、毛布に包まれたまま鉄のステップの上を、ガガガッと滑り下ろされたときはさすがに痛かったが。

額の痛みは感じなかったが、しだいに眼が見えにくくなってきた。暗いせいかとも思ったがそうではなかった。明らかに眼が見えなくなっている。裂傷を負うときにどこかにぶつかったショックからだろうか。

しかし、とにかく山野井が降りてきてくれさえすれば何とかしてくれるはずだ。

ひたすら待ちつづけている妙子の頭上でようやく山野井の声がした。

「妙子！」

妙子は体をのけぞらせるようにして声の方に顔を向けた。上方にうっすらとヘッドランプの明かりが見えた。

「ここだよ！」

妙子が言った。

「平気か」

「大丈夫」

「そこはどういう場所だ」

山野井が訊《たず》ねた。

「壁」

「安定してないのか」

「まだ下に垂壁が続いている」

「そんなことはないだろう。よく見ろよ」

「ほんと、切れ落ちてる」

「ちょっと横に行って見てみろよ」

妙子は、山野井を待っているあいだに次はどうするかを判断するためによく見ていたので間違いはなかった。

「ロープを懸垂下降ができるようにして、降りて来て」

妙子が言った。

山野井はなかなかその状況を受け入れられなかった。なんとしてでも今日中に氷河上に降り立ちたかった。降りないなどということは考えられなかった。しかし、妙子の言うとおり、その下も懸垂下降が必要なら、ここでロープを捨てるわけにはいかなくなる。

そこで、支点まで登り返し、ロープを回収してくることにした。

だが、それはなかなか難しい登り返しだった。もしかしたら、ソロ・クライマーでなくてはできない登攀《とうはん》だったかもしれない。二、三メートルずつ登っては、ロープを手繰ってハーネスにつけたエイト環で確保し直す。そうしておかないと、足を滑らせた場合、登った分だけ一挙に落ちることになる。

エイト環は、まさに字のごとく8の字をした手のひらサイズの金具である。ロープを8の字の首のところに巻きつけてからひとつの穴に通して両方向に引っ張ると、そこに大きな摩擦力が生じて動かなくなる。この原理を利用し、多くは下降器として、場合によって確保器として用いられることになる。

山野井は途中でまた雪崩《なだれ》に直撃された。エイト環で確保し直しておいたおかげでわずかの墜落ですんだが、そのときゴーグルが飛んでしまった。しかし、幸い、ヘッドランプは残った。

フードがはずれて羽毛服の中に雪が入り、雪で服が膨らんでしまう。

雪崩は下にいる妙子にも襲いかかってきたが、真上の岩がかすかに張り出しているため、壁にへばりつけばやりすごせた。

山野井はようやく最初の雪崩で飛ばされた支点のところにたどり着いた。だが、その五十メートルに及ぶ苦しい登攀で、体力のすべてを使い尽くしたように思えた。これからさらに苦しい懸垂下降をしなくてはならない。普通の懸垂下降なら問題はなかった。しかし、この状況で、何度も支点を作らなければならないことが、その懸垂下降を難しいものにしていた。

懸垂下降をするには、ロープを二重にしなくてはならない。なぜなら、上部の支点からロープをはずしてくれる人がいないからだ。二重にしたロープの一方をするすると引くことで回収する。そのため、五十メートルのロープなら一度の懸垂下降で二十五メートルしか降りられない。しかも、このロープは端から五、六メートルのところが切れそうになっている。そこを使わないとすると、二十メートルほどしか降りられないということになる。五十メートル下にいる妙子のところまで降りるためには、三度の懸垂下降を繰り返さなくてはならないのだ。

これまでも、支点を作るために長い時間がかかっていた。それを、このように雪崩で飛ばされて冷えきった体で、さらに二度もやると思うと気持が挫《くじ》けそうになってしまう。しかし、下では妙子が待っているのだ。そして、それをしなくては自分も降りられないのだ。

雪は激しくなり、風をともなう猛吹雪になっていた。

エネルギーを振り絞るようにして、支点にロープをセットしようとして、ヘッドランプが消えかかってぼんやりしていることに気がついた。電池を交換しなくてはならない。予備のリチウム電池は一個しかない。これを落としたら終わりだな、と思った。

「これは落とせないな」

声に出して自分に言い聞かせた。

このヘッドランプの電池を入れる箇所の蓋《ふた》は、メーカーに交換しやすいようにしてほしいと注文を出しておいたところだった。これまでは電池を入れ替える蓋が本体と結ばれていなかった。だから、登攀中に凍える手で電池交換をしていて、うっかり落としてしまうということもないではなかった。それが地上や雪上なら拾えるが、崖《がけ》に取り付いているときなどでは万事休してしまう。そこで、蓋が落ちないようになんらかの方法で本体とつけておいてほしいと頼んであったのだ。それをメーカーが聞き入れ、改良してくれていた。

しかし、なかなかその蓋を閉めることができない。

「冷静に、冷静に」

自分にまた言い聞かせた。

どのくらい同じことを繰り返しただろう。指先が凍ってどうしても言うことをきいてくれない。そこで歯を使って閉めた。

電池の入れ替えが済み、ふたたび点灯はしたものの、むしろ前より光がぼんやりしている。もしかしたらまつげが凍っているのかもしれない。それでもなければ眼球の膜が凍っているのだろうか。眼球というものは零下四十度以下になると凍ってしまうことがあるらしい。雪崩でゴーグルが飛ばされ、眼球の膜が凍ってしまったのかと思い、ごしごしと手でこすってみた。だが、いっこうに見えてこない。そのとき、恐怖と共にあることに気がついた。もしかしたら、眼が見えなくなっているのではないか？

十メートルくらい降りたところで、さらに眼が見えなくなった。

かつて一度、ヒマラヤで低酸素のため眼が見えなくなったことがあった。そのときは腹式呼吸をしたり、酸素を肺の内部に貯《た》めるようにすることで回復することができた。そこで、同じようにしてみたがいっこうに見えてこない。これは眼のどこかを傷つけたか、雪崩で頭部のどこかに衝撃を受けたせいかもしれないと思った。

二度目の懸垂下降をするため、新しい支点を作りはじめるときにはほとんど見えなくなっていた。まったく見えなくなってしまったら、妙子のところに行くことはできなくなる。

――早く支点を作り、早く降りなくてはならない！

山野井は素手になって岩の割れ目を探すことにした。左の手袋を脱いで羽毛服の胸のあたりに突っ込み、最初は小指を使って氷以上に冷たい岩をまさぐった。すぐに感覚を失いはじめたが、小指なら万一落とすことになっても仕方がないと諦《あきら》めることにした。

岩の割れ目らしきものを探し当てても、あまり強く押すと雪が埋まってわからなくなる。そこで、字を書くようにそっと撫《な》でながら探さなければならない。見つかってもあまり強く押すなよ、と自分に言いきかせた。

注意しなければならないのはそれだけではなかった。数少ないハーケンを落としてはならない。苦労して見つけた割れ目にハーケンを打ち込み、もう効いただろうと思って添えていた手を離すと、次にバイルで叩いたときにポーンと飛んでいってしまうことがある。それを避けるために、手を打ってしまうことを覚悟で添えている手を離さなかった。

支点には、ハーケンとアイススクリューをひとつずつ使った。本来氷に使うものであるアイススクリューは、先端を平らに潰《つぶ》してから岩に打ち込んだ。しかし、ハーケンのようには効かない。単なる気休めていどのものかもしれなかったが、可能なかぎり効かそうと努力した。指がカチカチに凍っていく。感覚を取り戻そうと、口に含んで歯で噛《か》む。それでも感覚が戻らないので、岩に手を打ちつける。

雪が激しくなり、羽毛服の中に雪がさらに入ってくる。

——つらいな……。

それでも慎重な手順は崩さない。支点が作れると、スリングを通して全体重をかける。それから上の支点に通っているロープを引き抜く。そしてそのロープを新しい支点に通してまた下降する。

三ピッチ目の支点を作るときには右手の手袋もはずし、必死に両手で岩の裂け目を探していた。手を動かすたびに声が出てしまう。

「ウッ！　ウッ！　ウッ！」

一本のハーケンやアイススクリューを打つのに一時間はかかったろうか。四本で四、五時間はかかることになる。一本打つたびに指が一本ずつだめになっていくような気がした。左の小指、左の薬指、右の小指、右の薬指……。

自分は凍傷には強いと信じていたが、今度だけはだめだろうと思わないわけにいかなかった。手の指を失うことは、先鋭的なクライミングをするクライマーとしての未来を失うことだった。しかし、いまはまず生きなくてはならなかった。妙子が生きている以上、生きてベースキャンプに連れ帰らなくてはならない。

支点の最後の一本が決まったときは、疲労が極限に達していた。

午前零時過ぎ、妙子のところに降りたときはすべての精力を使い果たしていた。もうエネルギーのひとかけらも残っていなかった。神経を使い、体力を使い果たした。自分には心臓が鼓動を打つ力も残っていないように思えた。

「ああ、心臓が止まる、止まる……」

妙子に言った。

「死ぬ！ 死ぬ！」

とも口走った。

「背中を、背中を叩《たた》いてくれ……」

心臓にショックを与えないと鼓動が止まりそうに思えたのだ。

どこでもいいから座りたかった。しかしどこにも座れない。もう自分は本当に死ぬのかと思った。

妙子は、山野井が来てくれればと思って壁に貼《は》りつくようにして耐えていた。それもまたつらく長い五時間だった。左の羽毛の手袋は雪崩のときにすでに飛んでしまっていたので、手が冷たくなってきた。しかも眼はますます見えなくなっていく。

ところが、やっと来てくれた山野井が瀕死《ひんし》の状態なのだ。こんな山野井を見るのは初めてのことだった。もちろんこの状況下で、この壁を登り返し、また降りてくることができるクライマーがそう何人もいるとは思えない。世界中の誰よりすごい、と言い切ってもよい。山野井がこれほどひどい状態になっているということは、この登り降りがどれほど苛酷《かこく》なものだったかということを物語っているのだろう。しかし、妙子は正直に言えばがっかりした。奈落《ならく》の底に突き落とされるというのはこういうことを言うのか、と思った。

「背中を、背中を叩いてくれ……」

そこで妙子は山野井の背中をトン、トン、トンと叩いた。

3

少し落ち着くと、山野井はさらに下降を続けようとした。

眼はまったく見えなくなっている。そこで、妙子にハーケンを打たせようとした。妙子の眼も見えなくなっていたが、山野井に比べればまだかすかに見えていたのだ。

しかし、もともと指が短いうえに、残っている指も寒さで凍り、言うことをきかない。そのため、どうしてもうまく打てない。

「打てない、打てない」

妙子のその言葉に、山野井は少し苛立《いらだ》った。

山野井がわずかな岩の割れ目を指で見つけ、ハーケンを打つ場所を指示する。妙子はすべてがうっすらとしか見えない眼でバイルを振るう。しかし、正確さを欠いているためなかなか決まらない。

そうした妙子の様子を見ながら、少し前に妙子が山野井に対して抱いたのと同じような感慨を抱いていた。こんな妙子を見るのはこの十年間で初めてだ、と。

しかし、自分の無力さを苛立たしく思っていたのは妙子も同じだった。眼が見えず、手が凍り、疲れ果てていた。それらが混ざり合い、自分でも歯痒《はがゆ》いほど動けなかった。氷にアイススクリューを打ち込もうとするが、どうしても奥にうまく入ってくれない。

「ねじ込んでも、氷が割れちゃう」

「それならタイオフしろ」

タイオフとは、ハーケンなどの支点があまり効いていない場合、その根元に重量をかけることで弱さを克服しようとする方法だ。しかし、そのタイオフすらできない。

ついに、山野井も下降を諦め、ビバークすることにした。しかし、そのビバークができそうにない。最初のうちは前夜のように棚を切ろうとしたが、それすらもできないところだったのだ。前夜もかつて経験したことのない苦しいビバークだったが、この夜はそれに輪をかけた困難なビバークをしなくてはならないようだった。とにかく、どこにも座れそうなところがない。だが、前夜の段階ならともかく、あの苦しいビバークに耐えた翌日に、またクルティカのように立ってビバークすることなどできない。どうしたらいいのだろう。状況はまさに絶望的だった。

そのとき、山野井の頭にひとつのイメージが浮かんだ。ロープを二本にしたものを渡してそこに尻《しり》を置く。それはまさにロープで作るブランコだった。

ブランコをイメージできたのは、もしかしたら何かの本で絵を見ていたからかもしれない。東欧のクライマーが山でハンモックがわりに使っていたような記憶があった。こういう状況に見舞われれば、彼らならそうやるだろうなという感じもあった。あるいはまた、それはアルプスの岩棚で座ってビバークするときに、少しでも楽になるようにとロープで作る足の置き場のイメージがあったのかもしれない。いずれにしても、ロープでブランコを作れば何とかなりそうだった。

妙子は、山野井に言われるまでそうした方法があることに気がつかなかった。言われてみれば、それしか方法がなかった。

山野井の指示を受け、氷の壁に間隔を空けて二つのアイススクリューを打ち込んだ。さらに、その横に妙子のピッケルの鋭利な刃の部分を思いきり叩き込み、一列になる三つの支点を作った。そのあいだに二重にしたロープを垂らして二つのブランコを作る。それをすべて、眼がほとんど見えない妙子がやった。

なんとかブランコができたのは午前三時ころだった。

ロープの反対側は、山野井が三度目の懸垂下降のときに作った堅固《けんご》な支点につながっている。二人はそのロープの途中をそれぞれのハーネス、つまり安全ベルトにつなぎ、ブランコから落ちて転落しないようにした。しかし、実際にブランコに腰掛けてみると、足は不安定にぶらぶらする。その足を見ながら、山野井は足の指は間違いなく切ることになるだろうなと思った。

そのとき、不意に山野井は尿意を催してきた。

「服を脱がしてくれ」

妙子に頼んだ。しかし、そこでは絶対にできないことだった。山野井は、脱げないまま、我慢しきれず、そのまま漏らしてしまった。それはとても惨《みじ》めだった。漏らすというのは初めての経験ではなかった。かつて一度、小便ではなく大便を漏らしたことがある。

初めてのヒマラヤだったブロード・ピークで、山頂からキャンプに降りてきたときのことだ。出そうになったが、重装備をしていたので間に合わず、漏らしてしまった。登頂を喜び、パキスタンのコックがごちそうを作って待っていてくれた。しかし、テントに戻ってからも、「ちょっと用があるから」とみんなと離れ、ひそかに氷河の水で洗わなくてはならなかった。冷たくて、みじめだった。降りたあとは暖かい寝袋でぬくぬくと寝ようと思っていたが、それもかなわなかった。

しかし、そのときはまだ洗いに行ける余裕があった。それればかりか、次の瞬間には平らなところで眠ることもできた。ところが、このギャチュンカンの北壁では、体を小便で濡《ぬ》らしたまま、零下三十度、四十度の壁で宙づりも同然のビバークをしなくてはならないのだ。

それにしても、これほど苛酷なビバークは、二人にとっても経験のないものだった。二人にとってだけでなく、世界の山岳史においてもあまり例のないものだったかもしれない。アルプスでは狭い岩棚で一夜を過ごすという記録はあるが、ブランコを作って一夜を過ごすというのはさすがにありそうもない。それに、なにより、高度が違う。アルプスは最高のモンブランですら四千八百メートルだが、二人がブランコでビバークしたのは七千メートル付近なのだ。

妙子は一度、ヒマラヤのマカルーで苛酷なビバークを経験している。だが、そのマカルーでは少なくとも掘った雪洞に腰を下ろしたり、寄りかかることくらいはできた。ブランコに座って一息ついた山野井は、何かを少し口に入れたいと望んだ。湯を沸かそうと言うと、妙子が言った。

「無理だと思う」

この手ではライターをつけられそうになかったし、そもそもザックから出しても落としてしまいそうだった。しかし、山野井は頑強だった。湯が沸かせれば、少しでも温かいものが体に入っていく。そこで、妙子も妥協することにした。

「まあ、やってみようか」

ザックの中をゴソゴソやり、ライターを取り出したが、つけようとしたときにやはり落としてしまった。闇《やみ》の中にすっと消えていってしまった。まだ、マッチは残っていたが、それを見つけることはもうできなかった。

そこで、ザックからコッヘルを取り出し、氷を削ってひとかけらずつ口に入れることにした。このようなときに氷や雪を口にするのは、溶かすためによぶんのエネルギーを使うからよくないという意見もある。しかし、山野井には、たとえ冷たい氷でも、水分になるものを取る方が大事だと思えた。

ザックからテントを取り出し、またかぶることにした。だが、前夜ブーツにアイゼンをつけたままかぶっていたため、あちこちに穴が空いていた。それでも風を遮断できるので何度かは違ったろうが、零下三十度、四十度という世界ではほとんど無力だった。体が芯《しん》から凍ってきた。

山における危険度を計ることができるかどうかというのは、ほとんど先天的な能力ではないかと山野井は思う。いくら教えてもわからないし、教わらなくてもすぐに学べる人もいる。それはまた、自然についていかに上手に学べるかということでもある。自分にはその能力があると思っていた。それが自分を生き延びさせてくれていると。しかし、あの雪崩《なだれ》を避けることができなかった。山野井はそのことにかすかな衝撃を受けていた。

眼の見えない二人にとって音だけが頼りだった。しかし、そこに音はなかった。それは無音の世界であり、まったくの静寂に包まれていた。雪の降る音はなかったので、やんでいることがわかった。ただ、時折、遠くで雪崩が起きているのが聞こえることがあった。

二本のロープがくっついて一本になってしまう。すると、そこにのせている尻が不安定になり、耐えがたくなる。二人はそれぞれの尻の下のロープを互いに直し合った。

寒かった。そして眠かった。この寒さの中で眠ってしまえば凍死をしてしまうのだろうか。いや、凍死などしない、と山野井は思った。凍死をするのは寒さの中で眠るからではない。エネルギーが尽き果てるからだ。懸垂下降でここに降りてきたときは、もう心臓が鼓動を打つ力すらないと思っていた。しかし、ロープの上に腰を下ろしているうちに、ふたたび体にエネルギーが生まれているのが感じられる。これなら、たとえ眠っても死にはしない……。

山野井には、少年時代のある時期、眠りについてひとつの儀式があった。夢を見ていて、もうこの夢を終わらせようと思うと、かつて住んでいた小金井の団地の屋上から飛び降りるのだ。飛び降りると同時に、その夢から覚めることができる。

もしこれが夢なら飛び降りればいい。だがこれは夢ではなく、ここから飛び降りれば、千メートル下の氷河に墜落するだけだ。この夢のような現実から脱するためには、残された千メートルを手と足を使って降りるより仕方がないのだ。それはとてつもなく難しいことであるのはわかっていたが、不可能だとは思えなかった。

肉体的にはかつてないほど追い込まれている。極限という言葉を簡単に使うことは許されないが、その近くまでは追い込まれているだろう。もうひとつ不測の事態に見舞われれば、最後の支えも切れてしまうかもしれない。しかし、それでも死にはしない。

——絶対に、生きて帰る。

山野井は、ロープのブランコの上で、まったく夢を見ずに一時間ほど眠った。

第八章　朝の光

1

目が覚めるとまだ生きていた。

黄色いテントの布地を通して、夜が明けるのが感じられた。北壁に取り付いて、五回目の夜が明けたのだ。それは七千メートル以上の地点に突入して六日目になるということを意味していた。

正確な統計が取られているわけではないが、人間は無酸素で七千メートル以上に五日もいつづけることはできないというのが登山界の常識だった。しかし、いま、山野井と妙子は六日目を迎えようとしていた。

テントの入り口から覗《のぞ》くと、青い空に朝日が美しく輝いていた。

——きれいだなあ……。

そう思ったとき、山野井は自分の眼が左だけは見えるようになっていることに気がついた。

朝日に照らされて氷河も白く輝いている。ベースキャンプのあたりも見えたが、あらためて「遠いなあ」と思った。

妙子はほとんど眼が見えなくなっていたが、眼の前が白っぽくなってきたことで夜が明けたのがわかった。

はいだテントは、この二晩で、ブーツに取り付けてあるアイゼンの鋭利な爪《つめ》で踏まれ、ビリビリに破れてしまったので捨てることにした。丸めて、千メートル下の氷河上に落とした。


とにかくこの壁を降りなくてはならない。筋肉は前日以上にバリバリに固まっている。しかも、山野井はほとんど手が言うことをきかず、妙子は眼が見えない。この二人で、四、五十メートルはある垂直な壁を懸垂下降しなくてはならない。

だが、眼の見えない妙子をどのようにして降ろすか。山野井はまず、妙子のエイト環にロープを通して支点の二メートルほど真下に立たせた。それから自分のエイト環にもロープを通して、懸垂下降を開始した。支点、妙子、山野井が一直線になりつづけるよう、慎重に降りた。もしそれが「く」の字形になり、山野井が足を滑らせてしまえば、妙子は大きく振られて岩に激突してしまう。ある意味で危険なやり方と言えたが、それが最も早く安全な方法だった。ただし、それが可能だったのは、山野井の意図するところを瞬時に理解することのできる、妙子の能力と経験があったからだった。

山野井は、自分が降りきったところで声を掛け、妙子に降りてくるよう命じた。妙子はロープに体重を預け、エイト環で止まっているロープを少しずつ緩めながら降りてくる。

降りきったところで、山野井は新たな支点を作りはじめる。残っているハーケンとアイススクリューで支点を作ると、山野井はそれに体重をかけ、効き具合を確かめる動きを何度も繰り返した。それはいつも行っている動作だった。体は重かったが、またいつもの自分に戻っているという発見が少し気分を楽にさせてくれた。

その支点とハーネスをスリングで結び、それぞれの安全を確保したところで、上の支点に引っ掛かっているロープを引き抜いて回収する。そして、もういちど同じことを繰り返す。

二度懸垂下降をすると、垂直の壁から雪の斜面に降り立つことができた。

そのとき、山野井は、もうすぐ氷河上に降り立てるかもしれないという喜びからか、初めてギャルツェンのことを思い出した。遅くとも六日で戻ってくると言っておいたが、もうベースキャンプを出発して七日目に入っている。その上、この数日の吹雪だ。

「ギャルツェン、死んでると思っているかな」

山野井が言うと、妙子もうなずいた。

「そうかもしれないね」

雪の斜面とは言え、垂直でないというだけで、六十度以上の斜度の難しいところであることには変わりなかった。もちろん、前を向いて降りられはしない。壁に向かい、右手のバイルと左手のピッケルを叩《たた》き込み、苦痛に耐えてアイゼンをつけた足を雪の付着した壁に蹴《け》り込む。標高差九百メートル以上をダブルアックスで降りるのだ。

皮肉なことに、右足の凍傷がひどくなった山野井がかろうじてリードして降りられたのは、ここ数日の雪のお陰だった。雪崩《なだれ》をもたらし、苛酷《かこく》なビバークを強いた雪が、固い氷雪を覆《おお》う恵みの絨毯《じゅうたん》となっていたのだ。

やんでいたその雪がまた降り出してきた。

先にステップを刻んで降りていた山野井はふと思った。それでもここは難しい。とりわけ眼の見えない妙子には極めて難しい。足を滑らすこともあり得ないことではない。もし上から妙子が落ちてきたら止められるだろうか。いや、手を出せるだろうか。ぶつかって落ちるのを避けるためによけてしまわないだろうか……。

雪が激しくなり、あたりは視界のないホワイトアウトの状態になってきた。

そうした中でクライムダウンしていると、天地がわからなくなり、真っすぐ降りているつもりが、大きく斜めにそれていってしまうということがある。山野井は、時折、アイゼンについた雪を落とし、その転がり具合を見て、どちらが下なのか確認しながら降りた。それはまた、傾斜の度合いを確かめる意味もあった。傾斜を錯覚すると、階段を踏み間違えるように、蹴り込む足の力の配分が異なってしまう。それはいたずらに疲労を増すのだ。

妙子はよく眼が見えなかったが、山野井のつけてくれた足跡はかろうじて見えた。妙子はそのステップを必死に追いながらクライムダウンを続けた。

六千七百メートル付近の最もむずかしいところは、山野井が自分の頭のすぐ上まで接近させ、一歩、一歩、右、左とステップに置く足を指示しながら降りさせてくれた。

そこを過ぎると、妙子はまたひたすら山野井のステップを追いながらのクライムダウンを続けることになった。

その妙子の様子を見て、山野井はあらためて妙子のバランスのよさに驚いていた。

——眼が見えないというのによくついてこられるな。さすがは妙子だ。

しかし、安心したことで、ふっと妙子に対する意識が切れたのかもしれなかった。

山野井は一歩降りるごとに空気中の酸素が濃くなっていくのがはっきりとわかった。それにつれて、前日とはうってかわって力が湧《わ》き出てくるのを感じていた。しだいに調子がよくなり、岩肌がえぐられたようになっている岩溝を降りるスピードも上がっていく。

六千三百メートル付近まで来たとき、ふと、気がつくと、上にいるはずの妙子がいない。

「妙子！」

大声で呼んでも返事がない。しまった、と山野井は思った。ここで見失ってしまうとは、なんというミスを犯してしまったのだろう。それにしても妙子はどうしたのか。滑落《かつらく》してしまったのか。いや、そんな気配はなかった。考えられるとすれば、疲労から遅れているか、ルートを間違えてしまったかだ。しかし、もはや山野井に登り返して妙子を捜す力は残っていなかった。

茫然《ぼうぜん》と一時間は待ったろうか。妙子は降りてこなかった。ここで待っていてもわからない。いったん氷河上に降り、下から見た方が壁をよく見渡せるかもしれない。

急いだ山野井は大胆な降り方をすることにした。斜面に腹ばいになると、足から一気に滑り降りたのだ。もちろん、アイゼンが雪面に引っ掛からないように、膝《ひざ》から下を持ち上げ、時々ピッケルを雪面に差し込んでスピードを制御した。それでも、六十度以上の斜度のところである。滑るより落ちるという感じに近かった。スピードを制御できなければ、滑落と同じことになってしまう。しかし、山野井には自信があった。富士山で強力をしているときも、八合目から六合目までよく滑り降りていた。

この技術はグリセードという。強力をするまで、あまりやったことのない下降方法だった。ところが、強力仲間にある年配の人がいた。彼は登山家ではなく、冬は強力、夏はブルドーザーの運転をして収入を得ているごく普通の人だった。体は華奢《きやしや》だったが、とてつもなく力のある強力だった。この強力がグリセードのスペシャリストだったのだ。激しい雪の中、三十キロの荷物をかついで富士山山頂にある測候所まで登っていく。すると、彼はこう言って、尻《しり》で滑って帰っていくのだ。

「早く家に帰って、子供たちに食事の用意をしてあげなくちゃならないんでね」

その彼から山野井はグリセードを学んだ。尻で一気に滑り降りていると、稀《まれ》にいる冬の富士登山者が、滑落しているのではないかと見間違える。そこで、登山者とすれ違うときは、片手を挙げて挨拶《あいさつ》することにしていた。落ちているのではなく、滑っていることをわからせるために。

富士山は尻のグリセードだったが、ギャチュンカンのこのルンゼではさすがにできなかった。あまりにもスピードが出すぎてコントロールがきかなそうだったからだ。

腹ばいになったまま一気に滑り降りたが、途中で方向が間違っていないか、氷河とのあいだにある裂け目のベルクシュルントに接近しすぎていないかを確かめるために、ピッケルにぐっと体重をかけて停止させた。呼吸を整えるために立ち上がり、振り返ると一日目にテントを張った氷河上の台地が見通せた。

すると、そこの特徴ある大きな岩の上に、ギャルツェンが座っているではないか。

――ギャルツェンだ！

喜びかけて、まてよと思った。ギャルツェンは手を頭の後ろに組んでこちらを見ている。ギャルツェンが、苦労して降りてきた自分を見て、あんな態度のままでいることは考えられない。登ってこれないまでも、なんとか近くに来ようとするだろう。ベースキャンプでは、順化から帰ってくる二人を遠くに見つけると、すぐに暖かい飲み物を用意してくれていたものだった。いま俺は幻影を見ているのだろう……。

山野井はまた腹這《はらば》いになると、さらにグリセードを続けてベルクシュルントの手前まで滑り降りた。

立ち上がって、ベルクシュルントに向かっていくと、今度は真っ白な氷河上の台地に数人の男たちの姿が見えた。深い雪をラッセルしながらこちらに近づいてくる。その向こうには軍隊で使うような大型テントも見える。助かった、と山野井は思った。これでやっと温かいものが飲める。

ベルクシュルントを越えたとき、ようやく北壁を脱することができたと思った。そこで、あらためて周囲を見回した。そのとき、七千メートル付近のビバーク地点から投げ下ろした自分たちのテントが見えないことに安心した。もし、どこかにあるのが見えたら、拾いに行かなくてはならない。

それまでも山野井は山に自分のゴミを残したりするようなことはしてこなかった。しかし、十年前から一緒に暮らすようになり、一緒に山に行くようになった妙子は、その点に関して山野井以上に徹底していた。自分のゴミを持って帰るのは無論のこと、たとえ他人が残したものでも眼につくと持って帰ろうとする。そのことについて、別に妙子から高邁《こうまい》な主義主張を聞かされたわけではない。しかし、いつしか、山野井も黙ってゴミを拾っている妙子と同じように、山の残置物に敏感になっていった。

もし、捨てたテントが見えたとしたら、どんなことがあっても拾いにいかなくてはならない。それはこの疲れ切った体にはほとんど不可能に近いことだった。しかし、妙子が降りてきて、もし眼が見えるようになっていたら、そしてそのテントを見つけたとしたら、疲れ切った体に鞭打《むちう》って回収しようとするだろう。

その頃、妙子は、降りしきる雪で山野井の足跡が消され、まったく手掛かりのないところを下降していた。気がつくと、山野井と離れてしまい、ステップが消えていたのだ。

「泰史、泰史！」

いくら叫んでも返事がない。

もちろん、ここで絶望してもよかったかもしれない。あるいは、先に行ってしまった山野井を恨んでもよかっただろう。どうして待っていてくれないのだ、と。しかし、妙子はそんなことをしても無駄だということがわかっていた。いまはもうこの壁でひとりになってしまった。ならば、ひとりで降りるより仕方がない。とにかく、下にまっすぐ降りていけばいいのだ。眼は見えないが、そして体にエネルギーはほとんど残っていないが、重力を利用すれば人は下に行けることになっているのだ……。

自分でステップを切り、一歩一歩降りていった。そのため、降りるスピードがさらに遅くなっていった。

途中で、自分が真っすぐ下に向かっているのかどうか不安になった。もし斜めに行ってしまえば山野井と合流できなくなる。それに、セラックの下に出てしまい、雪崩に巻き込まれかねない。

降った雪がはがれ、氷が剝《む》き出しになっているところもあり、岩もときどき出てくる。氷だと思ってアイゼンを蹴り込むと、ガツッと岩に当たってしまうというようなことがあり、いやなところだなと思いながら降りつづけた。


真っ白い氷河の台地を歩いていた山野井は、ベルクシュルントの手前で見た軍用テントを探したがどこにもない。男たちの足跡を辿《たど》ろうとしたが、それも見つからない。疲れ果てた山野井は、ギャチュンカンを背にしたまま、雪の上に置いたザックに腰を下ろしてぼんやりしていた。

——そうだ、妙子だ。

振り返って、岩溝の中を見ると、妙子らしい姿がある。そこを取り囲むようにして三、四人の姿が見える。彼らが助けに行ってくれたのだ。これで妙子は安心だ。山野井はまた放心したようにギャチュンカンに背を向けた。

どのくらいそうしていたのだろう。

「泰史、泰史！」

妙子の声が聞こえた。振り向くと、ベルクシュルントの手前に妙子がいる。

「妙子！」

山野井が叫ぶと、妙子が声の方に向かって叫び返してきた。

「ここはどう行けばいいの！」

妙子はこの頃までには四、五メートル先が見えるようになっていたが、ベルクシュルントを渡る地点がわからなかったのだ。

「もっと右に行くと、俺のトレースがある」

俺のだけでなく、あの何人かの男たちの足跡もあるはずなのに、どうしてそれがわからないのだろう。山野井には不思議だった。

そこを通過すると、妙子はゆっくり近づいてきた。

山野井は振り返っている頭を元に戻した。体をギャチュンカンに向ければずっと見ていられるのに、それが思いつかない。ベースキャンプの方向に体を向け、ときどき頭をギャチュンカンに向けて見ているうちに、妙子の姿を見失ってしまった。振り返っても、どこにもいないのだ。

そこに、髭《ひげ》を生やして茶色い服を着た男がやってきた。浅黒く背が高い。チベットやネパールではなくパキスタンで見るようなイスラム系の顔立ちだった。

「妙子がいないんだけど、どうしたんだろう」

山野井が必死に英語を組み立てて訊《たず》ねた。

「いまトイレに行ってるから大丈夫だよ」

それは日本語だったが、妙だとは思わなかった。

しばらくすると、その言葉どおり、岩陰から妙子が姿を現した。そして、山野井のところまでやって来た。

近づいてきた妙子に山野井が言った。

「人がそっちに行ったろ」

「誰が」

「助けに、何人か行ったろ」

それを聞いて、妙子は山野井の頭がおかしくなってしまったのではないかと一瞬疑いかけた。しかし、ただこう言っただけだった。

「誰も」

「行ったはずだけどなあ」

山野井は真顔で言い募った。あまりにも疲労しすぎて幻影を見たのだろう。これは「だいぶキテるな」と妙子は思った。


雪はやみ、風もなかった。

二人はアタック前に不要なものを「デポ」しておいた地点まで歩いた。ゆっくりと夕暮れどきになっていく。ここでビバークしなくてはならない。しかし、もうテントはなかった。山野井がぼんやりしていると、妙子が言った。

「テントのフライシートが残っているでしょ。ポールを立ててそこにかぶせたらいいんじゃないかな」

テントのポールを引き伸ばすと、半円形になるように作られている。それを二本交差させ、上にフライシートをかぶせると、テントの代用品ができた。周りに雪を載せて風が入らないようにした。

それから、そこに残しておいた燃料で湯を沸かし、紅茶を入れ、チョコレートを食べた。さらに、残ったチョコレートを溶かしてココアを作った。山野井にはすべておいしかったが、妙子はまったく口に入れることができなかった。

「食事はいいから寝よう」

山野井が言った。まだザックに食料は残っていたが、食べることより横になりたいという思いの方がまさった。

二人は雪の上に銀マットを敷き、すぐに寝袋に入った。二日前は十センチに満たない棚に座って夜を過ごした。前夜はブランコに腰を掛けて朝になるのを待った。しかし、この夜は、手足を伸ばして横になることができた。フライシートではテントほどの暖かさはないが、平らなところで横になれるだけで満足だった。

二人は横になるとほとんど一瞬にして眠りについた。

2

疲れ切った二人はぐっすりと眠った。夜が明けても眠りつづけた。平らであり、落ちる心配がないということがどれほどありがたかったことか。

翌朝はよく晴れ、陽が上がるとポールにフライシートをかけただけにもかかわらず、中はポカポカとした暖かさに満たされた。

その暖かさの中で眠りながら妙子はこんなふうに感じていた。

——これまでの人生でいちばん幸せかもしれない……。

その幸福感が妙子に好物のモモの夢を見させたようだった。モモとはチベット人の好む蒸しギョウザのような食べ物である。二人は、ネパールとの国境からティンリに向かう途中、ニェラムの食堂で旧知の日本人クライマーと出会った。その彼が、妙子の夢の中に現れ、お盆に山のように食べ物を載せてフライシートの中に入ってきたのだ。その食べ物の中に好物のモモもあることが、妙子の幸福感をさらに大きなものにした。しかし、残念なことに、夢の中でも食べ物を口に入れることはできなかった。山野井は、眠りながら、スポーツのあとの心地よい倦怠感《けんたいかん》のようなものに満たされていた。

——まだ起きたくない……。

起きたときは正午を過ぎていた。この日のうちにベースキャンプに着くためには急がなくてはならなかった。しかし、そこを片付け、ゴミを含めてすべてをザックに詰め、互いに写真を撮り合い、ストックをついて歩きはじめたときには午後二時近くになっていた。

ベースキャンプまでは、元気なときなら五時間ほどで着く距離だった。だが、この数日で降った雪が深く積もっていた。しかも、二人とも疲労困憊《ひろうこんぱい》していた。とりわけ妙子が、歩く段になって弱り方が激しくなった。二、三歩進んでは止まり、また二、三歩前に行くという状態になった。

せめて今度は十歩は進もうと思うのだが、五歩がやっとだったりする。さっきまではテントの中であんなに幸せだったのに、いまはこんなに力が出ない。妙子はそのことにがっかりした。

やがて日が陰り、雪がちらつきはじめた。

山野井は、歩きながら、ぼんやりとギャルツェンのことを考えていた。ギャルツェンは、山野井たちが下山するころを見計らって迎えにくると言っていた。山野井は、必要ないと言った。

ところが、そう言ったはずなのに、心のどこかでギャルツェンと出会うことを期待していた。助けてほしいと思ったわけではなかった。荷物を持っていってくれたらいいなと思ったのだ。

妙子の様子を見れば、もうザックを背負って歩くことは無理だった。妙子だけではない。自分も空身で歩く必要がある。だとすれば、すべてを靴のデポ地点に置いていかなくてはならないだろう。しかし、妙子のことだ。ベースキャンプに着いて、しばらく休んだら、ザックを回収すると言い出すに違いない。それはなんだかとても面倒な気がする……。

冷静に考えれば、生きてベースキャンプにたどり着けるかどうかもわからない状況である。たとえたどり着けても、凍傷になったこの足では絶対にデポ地点に行くことなどできないことは明らかだった。しかし、山野井は、ぼんやりした頭で荷物をどう回収するか考えつづけていた。

午後四時にようやく靴のデポ地点に到着した。だが、その先のモレーンも雪で覆《おお》われている。いつもなら、そこでプラスチックブーツからトレッキングシューズに履き替えるのだが、まだプラスチックブーツで歩いた方がよさそうだった。いや、たとえ、トレッキングシューズに履き替えた方がよかったとしても、二人にはもう靴を履き替える力が残っていなかった。

しかし、その時点では、山野井は少し遅くなりすぎたが、ベースキャンプに戻れないとは思っていなかった。一方、妙子は自分の体に残された力では今夜中に着くのは難しいと思った。どこかでもう一晩ビバークすることになるだろう。だから、山野井が、そこにすべての荷物を置いていこうと言い出したとき、珍しく反対をしたのだ。

「荷物はみんな持って行きたい」

するると、山野井が怒鳴った。

「絶対持つな。持って行ったらスピードが出ないぞ」

「ゆっくり歩いてもいい」

「そんなことをしていたら今夜中にベースキャンプにたどり着けないぞ」

「私は今夜中にたどり着けないと思う。だから持って行きたい」

「たどり着けなかったら死んじゃうぞ」

妙子は仕方なく折れた。自分のいまの状態は山野井に連れて行ってもらう身だ。仕方ない、置いていこう。

このとき、もし寝袋のカバーだけでも持っていたら、その後の状況も変わっていたかもしれない。それだけでかなりの暖を取れるからだ。しかし、もう妙子には、寝袋のカバーを取りはずすことはもちろん、ザックの中身を必要なものと不必要なものに分け、必要なものだけ入れ直すという力が残っていなかった。すべて持っていくか、すべて捨てるか。そして、すべてを捨てる方を選ばざるを得なかった。ただ本能的にアルファ米とフリカケの袋をポケットに突っ込んだ。それがザックの上の方にあったからだ。

二人はふたたび歩きはじめた。

日が暮れはじめたころ、いつもの水場に着いた。寒い日が続いたためだろう、それまではなかった氷が張っていた。山野井は、氷を割るために赤ん坊の頭ほどの石を持ち上げようとしたが、持ち上げられない。体に力が入らないのだ。ところが、それを見ていた妙子が言った。

「どいて」

山野井がぼんやり眺めていると、妙子はその石を抱え上げ、氷の上に落としてぶつけた。一度では割れなかったが、二度、三度と繰り返すと、ヒビが入って割れた。どこにそんな力が残っているのだろう。もうほとんど死にかけているように見えるのに……。そして、山野井はこの登山で何度目かになる感想を抱いた。

――さすが、妙子だなあ。

山野井はそこで水を飲み、妙子も一口飲んだ。そして、アミノ酸のサプリメントを入れておいた小さなビニール袋を使ってアルファ米の袋に水を入れた。それは時間さえかければ水でも戻すことのできるフリーズドライ製品だった。しかし、水は氷とほとんど変わらないほど冷たい。妙子は、それを戻しやすくするため、フリースの上着の中に入れて持った。

しばらく歩いたあとで、岩陰で休みをとり、アルファ米を食べることにしたが、あまり柔らかくはなっていなかった。妙子は、自分の体温が落ちているせいかもしれないな、と思った。

山野井はアルファ米を二、三口食べることができたが、妙子は口に入れるとやはり吐いてしまった。


外気温はしだいに下がりはじめ、寒さが増しはじめてきていた。不運なことに、妙子は羽毛服のズボンをはいていなかった。取り付きのビバーク地点を出発するとき、暑くなりそうだったので、脱いでザックの中に入れておいたのだ。デポ地点でザックを置いていくとき、もうそこから羽毛服を取り出してはく力が残っていなかった。はくためには、プラスチックブーツを脱いだり履いたりしなくてはならない。それがもうできなかった。だから妙子の下半身は下着の上にはいているフリースのタイツだけになっていたのだ。

暗くなりはじめ、ヘッドランプをつけたが、電池が相次いでなくなった。それでも月明かりを頼りに歩いた。どうしても今夜中にベースキャンプに着かなくてはならない。着かなければ、このままの姿でビバークしなくてはならなくなる。ほとんど食べず飲まずのこの体で、零下何十度にもなる外気にさらされて一晩過ごすのはあまりにも危険なことのように思えた。なんとしてでもベースキャンプに戻らなくてはならない。

山野井は、雪の上のところどころに、ギャルツェンのものと思われる足跡が残っているのに気がついた。

ここまで様子を見に来て、そのまま帰ったということは、もうだめだと判断したのではないか。もしかしたらベースキャンプを撤収してしまっているかもしれない、という懸念《けねん》が初めて頭をかすめた。

しかしその恐怖より、たとえ足跡でも人間的なものに触れた、人間の匂《にお》いに触れたという喜びの方が大きかった。

やがて、月が大きく傾き、山陰に隠れてしまった。真っ暗な中で足場の悪いところを歩くのはあまりにもつらかった。ベースキャンプまであと二、三キロの地点まで来たが、妙子にはもう限界だった。一歩足を前に出しては止まり、また一歩出しては止まるようになった。

「ゆっくりでいいから止まるな！」

山野井は励ました。しかし、ついに妙子が絞り出すように声を出した。

「ここで止まりたい」

ここでビバークするわけにはいかない。寒さを防ぐ何物もないのだ。零下何十度になるかわからない。食べ物も食べず、疲労困憊した身で夜を過ごさなくてはならない。それは死につながりかねない。

「暗くても歩ける」

山野井は言った。

しかし、妙子が自分からこんなことを言うからには、おそらく、かつてないほどの疲労があるのだろうということはわかった。

山野井はビバークの場所を探しながら歩いた。そして、岩陰に二人がなんとか座れそうなところを見つけた。

「ここにしよう」

そのとき、午前二時になっていた。そこに腰を下ろし、抱き合うようにして寝てみたが、どのようにしてもどちらかの足がしびれてしまう形にならざるをえない。そのため、それぞれが膝《ひざ》を抱えるような姿勢で座ることにした。

このビバークには彼らを覆う何物もなかった。テントもテントのフライシートも寝袋もなかった。山野井の脳裡《のうり》に、せめて寝袋のカバーだけでも持ってくればよかったかなという考えが浮かびかけたが、そうしたらここまで来られたかどうかわからないと、その考えを振り捨てた。

二人で眠るかたちをいろいろ工夫しているとき、山野井が右手の手袋をうっかり岩と岩の透き間に落としてしまった。どうやっても取り出せない。右手がますます冷たくなってくる。妙子も雪崩《なだれ》で左手の羽毛の手袋を失っており、目出し帽を手に巻きつけて寒さを防ごうとしていたが、ほとんど効果はないようだった。妙子の手にわずかに残っている指も切り落とさなくてはならないのかもしれない……。

山野井も寒さに震えはじめた。震える力があるということは、まだ生きる力があるということだと思おうとした。

妙子は震えながら吐いた。ほとんど五分おきに胃液を吐く。吐くたびに空《むな》しくエネルギーを使っているのがわかる。

山野井が言った。

「なあ、『死のクレバス』ってあるだろう」

イギリスのクライマー、ジョー・シンプソンの書いた『死のクレバス』は、南米アンデスのシウラ・グランデ峰における自らの遭難を描いたものである。

「もし俺たちが生き延びられたら、あれより凄《すご》いことになるかもしれないな」

その頃から山野井も嘔吐《おうと》するようになっていた。そして吐くものがなくなると、妙子と同じく胃液を吐くようになった。

「このまま眠ったら死んじゃうかな」

妙子がつぶやくように言った。こんなに寒くて、何も食べていない状態では、ひょっとして死ぬこともあるのかなというくらいの軽い気持だった。だから、続けた。

「そんなに簡単には死なないよね」

死ぬ人は諦《あきら》めて死ぬのだ。俺たちは決して諦めない。だから、絶対に死なない。

「うん、死なない」

山野井はそう答えながら、黙ったままじっとしている妙子を見て、ふと不安になって声を掛けた。

「生きているか？」

すると妙子が返事をした。

「生きてるよ」

山野井は少し安心したが、そのうちに妙子は嘔吐もしなくなった。

「生きてるか！」

山野井が怒鳴るように言っても、妙子は反応しない。

「生きてるか！」

山野井が返事のない妙子の体を揺すった。すると、しばらくして答えが返ってきた。

「うん……」

やがて、妙子はうとうととし、山野井も膝に顔をうずめて眠りはじめた。

3

ゆっくりと夜が明けてきたとき、妙子も山野井もまだ死んでいなかった。

八時ごろ、ベースキャンプに向けて出発することにした。だが、妙子は山野井と一緒のペースで歩けないことがわかっていた。

「先に行って。あとからゆっくり行くから」

「わかった」

山野井が立ち上がった。妙子もなんとか立ち上がろうとすると、山野井が言った。

「ちょっと待って。ここで写真を撮っておこう」

「うん」

そこで山野井はカメラを構え、三回シャッターを切った。

これは前日の写真と意味が違っていた。前日互いに撮り合ったのは単なる記録としての写真だった。しかしこれは、最後の写真になるかもしれない可能性のあるものだった。

ファインダーから覗《のぞ》いた妙子の顔はすさまじかった。凍傷で鼻が炭のように黒くなり、両頬がやはり黒くなり、唇も真っ黒になっていた。

「死んじゃうかもしれないからな」

山野井は軽い調子で言ったが、そう言われなくとも、妙子には山野井がそういう思いで撮っているのだろうということがわかっていた。

「そうだね」

山野井と同じように軽く返事をしながら、しかし私は死なないと妙子は思っていた。確かに体は動かない。だが、頭ははっきりしている。山で死ぬ人はまず頭からやられるのだ、という確信があった。

かつて、妙子はマカルーの八千百メートルの地点で救いのないビバークをしたことがあった。一緒に登った男性隊員が、登頂後に衰弱し、意識が混濁しはじめた。八千メートルを超えたら、すべてはそれぞれの責任で対処しなくてはならない。妙子も彼にかまわず下山していればなんということもなかった。しかし、だからといって弱っている仲間を見捨てるわけにいかなかった。彼のために小さな雪洞を掘り、横にならせた。翌日、一緒に下降したが、ついに彼が身動きの取れない状況になり、死んだ。それから妙子はひとりで下降したが、手と足と顔に回復不能と思われる凍傷を負ってしまった。

帰ってきて、妙子はこんな説明を受けた。亡《な》くなった男性隊員は寒さと疲れで生命の中枢《ちゅうすう》をつかさどる神経がやられてしまった。しかし、妙子は手足の指と鼻という末端を犠牲にすることで中枢神経を守り切り、生き延びることができた。

いま、妙子はふたたびひどい凍傷ができていた。しかし、意識ははっきりしている。死にはしない。一歩一歩しか歩けないだろうが、時間さえかければ絶対にベースキャンプにたどり着ける。たどり着けるはずだ……。

山野井はひとりで歩きはじめた。とにかくできるだけ早くベースキャンプに行くことだ。果たしてギャルツェンに妙子を救出できる能力があるかどうかはわからなかったが、とりあえずベースキャンプに行けばどうにかなるかもしれない。

だが、もし、その前に妙子が死んでしまうとしたら……。

自分は妙子が最後の最後まで頑張る女性だということを知っているし、パニックを起こす女性でないことも知っている。妙子が頑張り切れずに死んだとしたら、他の誰も頑張れはしないのだ。そして、たとえ頑張り切れずに死ぬことになったとしても、恐怖を感じずに死ぬことができるだろう。もう壁から氷河に降りてきている。垂直の壁でロープにぶら下がったりしているときに死なれるのはつらい。自分も、垂直の壁で死ぬのはいやだが、この氷河上の平らなところなら死を受け入れられるかもしれない。それに崖《がけ》の中では死体を回収できないが、このモレーンではそれができる。そのことも、山野井の心をいくらか平静にさせてくれることだった。死んでもまた会える、と。


快晴だった。強い陽の光が活力を与えてくれる。山野井はこの段階に至ってもまだ意外に歩ける自分に驚いてもいた。決して速くはないが、確実にベースキャンプに近づいている。

やがてベースキャンプが見えるところにやってきた。もうすぐ暖かいところに着くのだな、もうすぐ人の気配のあるところに着くのだなと思った。

しかし、テントがひとつしか見えない。紺色のキッチンテントしかない。自分たちの青いテントも、ギャルツェンの赤いテントも見当たらない。しかも、きれいに片付いている。

ギャルツェンがいないのかもしれないと思った。

あまり期待しすぎないということは、クライマーの習性と言える。登っていて、もうそこが山頂だと思っていると、手前のコブだったりする。だからすべてが終わるまで期待しすぎないようにするのだ。

ギャルツェンがいないとすれば、食料もないかもしれない。そうだとすれば、このギャチュンカン氷河から流れ出している河が、エヴェレストのベースキャンプに向かう道と合流している地点まで歩かなくてはならない。そこで間遠にしか通らない車を止めて、助けを求めなくてはならないかもしれない。

——もう少し歩かなくてはならないかな。

実際はもうほとんど限界に近い。しかし、歩かなければならないのなら自分は歩くだろうということがわかっていた。

「オーイ……、オーイ……」

テントに向かって絞り出すように声を出しつづけた。

「ギャルツェーン！」

坂を下り、登り返し、もうすぐでベースキャンプに着くかという寸前に、坂を駆け降りるようにしてやってきた男たちがいる。それはリエゾン・オフィサーとその助手らしい二人の男だった。

リエゾン・オフィサーは山野井のところに来ると、英語で口早に言った。ギャルツェンはおまえたちが頂上に登るのを双眼鏡で見た。しかし、天気が荒れ、おまえたちはなかなか帰ってこない。ギャルツェンはおまえたちが遭難したものと判断し、エヴェレストのベースキャンプまで知らせに来てくれた。そこで、確認するために自分たちも今日来たところだ、と。それを聞いて、もしかしたら、この日に着いたということは幸運だったのかもしれない、と山野井は思った。一日早くても遅くても、誰もいない可能性があったのだ……。

そこに、ギャルツェンが携帯用魔法瓶のテルモスに紅茶を入れて走ってきた。山野井を見ると、顔をクシャクシャにして泣いた。そして、一気にしゃべりはじめた。

もう死んだと思ってました。頂上を登る山野井さんを見ました。天気が悪くなって、心配して見にいきました。もう二人とも死んだと思ってました……。

そのギャルツェンを見て、山野井は「瘦《や》せたな」と思った。きっと自分たちの身を案じて右往左往したからだろう。

そして、テルモスの紅茶を飲んで、また思った。薄い紅茶より、濃いココアが飲みたかったな、と。

飲み終わると、リエゾン・オフィサーが山野井に訊《たず》ねてきた。

「背負おうか」

「いい」

山野井はそう言って自分から歩きはじめた。山野井にとってクライミングとは、ベースキャンプを出て、ベースキャンプに戻ってくるまでのすべてだった。まだベースキャンプに着いていない。ということは、まだ自分のクライミングは終わっていないのだ。山野井は、クライミングを終わらせるために、足の痛みに耐えて自力でベースキャンプに向かった。


ベースキャンプに着くと、ギャルツェンは急いで二人用のテントを立ててくれた。山野井はそこに横になった。ギャルツェンとリエゾン・オフィサーはその山野井にいろいろ世話を焼いてくれようとする。

ギャルツェンに靴を脱がしてもらうとき、山野井はそっとやってくれと頼んだ。とりわけ右足は凍傷のため膨れ上がっており、脱がせにくいだろう。しかし、あまり強く引っ張ると、肉が取れてしまうかもしれないと思ったのだ。

靴を脱ぎ、インナーシューズを脱ぎ、靴下を脱ぐと、そこには芯《しん》まで真っ黒になった指があった。

さらにギャルツェンは着替えをさせてくれようとした。しかし、ブランコでビバークした際に小便を漏らしてしまうかもしれないうちに、便を漏らしているかもしれない。自分で着替えたいと思ったが、その力は残っていなかった。

急いで湯を沸かしたギャルツェンは、そこに手足をつけろと言う。凍傷にはそれが一番いいのだという。

山野井はそうした世話を受けながら、自分のことより早く妙子のところに行ってほしいのだがな、と思っていた。そう思っているのだが、頭がぼんやりとしてそれをギャルツェンにうまく伝えることができない。

やっとギャルツェンたち三人が妙子の救出に向かってくれたのは、山野井が到着して一時間も過ぎたころだった。

一方、ゆっくりと山野井のあとを追いはじめた妙子は、ほとんど一歩ずつしか進んでいくことができなかった。歩いては止まり、また一歩踏み出すという具合だった。しかし、妙子もまた、陽光がエネルギーを与えてくれているのを感じていた。途中、どうにもたまらず石に腰を下ろすと、暖かい日差しに誘われてふっと眠り込んでしまう。いけない、歩かなければと思うのだが、なかなか立ち上がれない。あるだけの意志の力を動員して立ち上がり、ふたたび歩きはじめる。

なんとかベースキャンプまであと三百メートルというところに来た。もうどんなことがあってもたどり着くことができる。妙子は、いくらか安心して、腰を下ろした。すると、そこに、ギャルツェンがやって来た。手にココア入りのテルモスを持っていた。ようやく妙子のところに行ってくれるということになったとき、山野井が頼んだのだ。薄い紅茶ではなく、濃いココアを持っていってほしいと。

妙子はギャルツェンが注いでくれるココアをゆっくり飲んだ。すると、その場から動けなくなってしまった。

ギャルツェンと一緒に来たリエゾン・オフィサーの助手が、その様子を見て、背負おうかというジェスチャーをした。

しかし、妙子もまた自力でベースキャンプにたどり着きたかった。

「歩けるから」

そう言って必死に立ち上がり、歩こうとしたがすぐにだめになってしまった。それまではたとえ一歩一歩であっても自力で歩いてきたのだが、救助に来てくれ、飲み物を飲ませてもらうと、それまで残っていたすべての力が消え失《う》せてしまったようだった。妙子はベースキャンプまでおぶってもらうことになった。

妙子がベースキャンプに着いたとき、山野井は四十度くらいの湯に手足を浸《つ》けていた。

そして、妙子もすぐに沸かした湯に手足を浸けさせられることになった。

ベースキャンプに生還した二人は、テントの中でじっとしてすごすことになった。ただひたすら眠っていたかったが、ギャルツェンが三時間ごとに湯を取り替えてくれ、凍傷の患部を浸けることを勧める。温かい湯に浸けているのは気持がよかったが、それは夜になっても続けられた。そのため、眠りを妨げられる。そんなことはしなくていいから眠らせてくれないかなと思ったが、ギャルツェンの一生懸命な顔を見るとそうは言い出せなかった。

「仕方がない、起きようか」

「どうせ指は切ることになるんだから、お湯なんていいんだけどな」

二人でそんなことを言い合っては、ギャルツェンの指示に素直に従った。

山野井は空腹だった。ギャルツェンがこういうときはあまり急激に食べない方がいいと、あまり食べさせてくれなかったからだ。一方、妙子は食べさせてくれたとしても食べられなかっただろう。砂糖を入れた湯ですら胃が痛くて飲めなかったからだ。ただ、白湯《さゆ》をゆっくりすすった。

翌日になっても、用便には自分ひとりで行かれず、タイツの上げ下げもできなかった。そのためギャルツェンが付き添い、すべて世話をしてくれた。

ギャルツェンは二人が帰還してからの二日間でさらに痩せた。頰がこけ、眼が落ち窪《くぼ》んでしまった。それも無理はなかった。不眠不休で二人の面倒を見てくれていたからだ。

少し落ち着くと、山野井は妙子に言った。

「おおごとになっていなければいいけどな」

それは、二人の「遭難」の報を受けたコスモトレックから知らせがいき、日本でニュース種などになっていなければいいのだが、ということだった。

第九章　橋を渡る

1

その頃、カトマンズのコスモトレックでは緊迫した日々が続いていた。

最初に山野井と妙子の異変が伝えられたのは、十月十三日のことだった。それは二人がまさに最後のビバーク地点からベースキャンプに向けて苦しい歩みを続けているときだった。

その日、日本人でエヴェレストのベースキャンプまでトレッキングに行っていたという女性から、コスモトレックに電話が入った。いまカトマンズに戻ってきたが、そのベースキャンプでシェルパから伝言を頼まれた、というのだ。それによれば、「山野井と妙子の二人が予定を過ぎても帰還しない。どうやら遭難したものと思われる」という。

電話を受けた大津二三子には疑問の点がいくつかあった。どうやら伝言の主はギャルツェンらしい。しかし、どうしてギャルツェンは直接電話を掛けてこないのだろう。エヴェレストのベースキャンプにも、その途中の町のロンブクにも、掛けられる電話はあるはずだった。それに、山野井は北東壁をひとりで登っているはずではないか。どうして妙子が遭難しなくてはならないのだろう。

大津は、すぐにコスモトレックのオフィスの近くにある「シャングリラ」という高級ホテルに部屋を取り、その女性に泊まってもらえないだろうかと頼んだ。そこで詳しいことを聞かせてほしいと思ったのだ。

ホテルで会ったその女性によれば、エヴェレストのベースキャンプで出会ったシェルパが、どうしても電話が通じないので、これからカトマンズに戻るならと伝言を頼んできたのだという。遭難を知って、ギャルツェンがエヴェレストのベースキャンプにいるリエゾン・オフィサーのところまで走り、そこからカトマンズに連絡しようとしたのだが、電話が通じなかったということのようだった。妙子の名前があるのは何かの間違いだろうが、山野井が遭難したのは確からしい。

そこで、大津は山野井の日本における連絡先に電話をした。山野井の留守本部は、少年時代から現在に至るまで所属している登山クラブになっていた。しかし、記載されている代表者の家に電話をしても、当人が不在なため要領を得ない。そこで、山野井の両親のところに電話を掛けた。

大津と山野井の両親は面識があった。その二年前に、山野井と妙子が山野井の両親を連れてネパールに来たのだ。そのときも、山野井びいきの大津の夫が家に招いて宴席を設けていた。

電話には父親が出た。簡単な挨拶《あいさつ》を済ますと、大津はこう切り出した。

「山野井さんと妙子さんが遭難されたという知らせが届きました。詳しいことはわからないのですが、わかりしだいお知らせします」

そう告げると、電話の向こうで、山野井の母親が息を詰めるようにして聞いているのが感じられた。


電話を受けた山野井の両親も不思議に思っていた。なぜ妙子の名前があるのだろう。彼らも山野井がひとりで北東壁を登るのだとばかり思っていたからだ。

二人がカトマンズに行っているあいだはいろいろ気になることがあった。成田空港で撮った遺影のような写真のことだけではなかった。

父親は近くに家庭菜園を借りているが、そこに収穫に行ったとき、緑の葉の裏に虫がついていた。それも端に二匹の黒い虫がいたのだ。それはまるで崖《がけ》にぶら下がっている山野井と妙子のように思えた。父親はその虫を手に取り、そっと放してやった。

また父親は、山野井に腕時計をもらっていた。高度や気圧が計れる登山用の特殊な時計だ。それをいつもはめていたが、数日前、床にことんと音を立てて落ちたものがある。それは時計のベルトについている磁石だった。拾い上げて見ると、カミソリで切ったような不思議な傷がついている。そのときもいやだな、不吉だなと思ったのだ。

遭難したという知らせを受けて、両親は二人の無事を祈った。しかし、一方で、少しは山のことがわかるようになっていた父親は、今頃はもう死んでいるのではないかと思っていた。山からカトマンズに遭難の知らせが届くまで、かなりの時間差があるはずだ。ヒマラヤの高峰が、それから何日も生きつづけることのできるような甘いところでないことくらいは、わかっていた。本当に遭難したのなら、もう死んでいるだろう。

そして、こうも思っていた。もしNHKの仕事を断らずに受けていてくれたら、と。両親はその話を山野井から聞いていたのだが、もし受けていれば、二人は今頃ギャチュンカンではなく、隣のエヴェレストに行っているはずだったからだ。

大津はクライマーの遭難には慣れていた。状況に応じてどこに何を手配するか、経験から素早く判断ができる。しかし、この遭難はネパール側でなくチベット側で起きたものだった。すぐに飛行機やヘリコプターで救援に向かわせるということができない。何をするにしても、チベットの山岳協会と中国政府にお伺いを立てなくてはならないのだ。しかし、いずれにしても、救援隊を出さないわけにはいかない。誰に行ってもらったらいいか。

そのとき、カトマンズに奥田仁一と谷川太郎の二人がいた。二人は大学山岳部出身の中堅クライマーで、それぞれの遠征を終え、カトマンズに滞在していたのだ。

奥田は関西大学山岳部出身のクライマーで、カンチェンジュンガ北壁やチョー・オユー無酸素登頂などの登山で知られている。一方、谷川は東京農大山岳部の出身で、K2やマカルーをはじめとする多くの八千メートル峰を登頂していた。

大津は、夫とその二人を交え、遭難対策会議を開いた。その結果、中国政府のビザが取れしだい、二人が救援に向かってくれるということになった。彼らは山から降りてきたばかりで、すでに高度順化ができている。一気にギャチュンカンのベースキャンプに行くことができる。

しかし、その「救援」は「救助」のためではなかった。奥田は、山野井の実力がどれほどのものかよくわかっていた。その山野井が登っているところ、そして遭難したようなところに自分たちが行って救出できるとはとうてい思えなかった。かろうじてできうることは遺体の収容ということだろうが、それも果たして可能かどうかわからなかった。しかし、遭難と聞いて、そのままにしておくことはできなかった。

それにしても、このときの状況は皮肉なものだった。

谷川は強力なクライマーだったが、アルパイン・スタイルでなければ先鋭な登山とはいえないという近年の風潮に違和感を覚えていた。彼は、アルパイン・スタイルにはアルパイン・スタイルのよさはあるが、誰もができるというものでない以上、大きな隊を組織して登山する極地法、包囲法のよさも依然としてまだあるはずだと考えていた。それによって互いを鍛え合い、後輩のクライマーを育てることもできる。谷川は伝統ある大学の山岳部で育ってきたことのよさを強く感じていたのだ。そこで谷川は、山岳雑誌に「ぼくらのヒマラヤ登山」という論文を発表し、その中で「現代のヒマラヤで世界のトップクラスのクライミングをするには、狂気にも似た偏執的なモチベーションが必要だ」とし、さらに「こんなことをことさら主張する気はあまりないのだが、私は包囲法と呼ばれる登山形式がけっこう好きである」と書いていた。

その谷川が、世界的なアルパイン・クライマーの山野井を「救援」に行くというのは皮肉な図だな、と奥田は思ったのだ。

大津は、奥田と谷川の二人がチベットに入るので急いでビザを出してくれるよう中国大使館に頼んだ。それと同時に日本大使館に根回しを依頼した。

最初の報が入って三日後の午前十時、じりじりしながらビザが発給されるのを待っている大津のところに、チベットの山岳協会からファクスが入った。

《二人の日本人と一人のシェルパを救援するための隊の派遣についてのファクスを受け取りました。

私たちはメンバーが行方不明になったことを憂慮し、中国外務省に報告し、判断を待っているところです。

行方不明の報を受けたと同時に、私たちはチベット人の山岳ガイドをギャチュンカンに送りましたが、まだそこからの報告はありません。

いま責任者が外務省に赴き、あなたたちの救援隊を受け入れるかどうかについての討議を行っています》

こんな悠長なことをしていたら、救援隊の意味をなさない。大津が苛立《いらだ》っていると、その一時間半後にまたファクスが届いた。

《グッド・ニュースです。二人のメンバーがベースキャンプに戻ってきました。ただし、重い凍傷を負っています。

私たちのスタッフがザンムーまでお連れします。今日の午後、国境でピックアップしてください》

状況は正確にはわからないが、二人が生きているのは間違いないようだった。

大津はすぐに日本の山野井家に電話した。そして電話口に出てきた父親に告げた。

「二人に凍傷はあるものの、命に別条はないということです」

すると、電話の向こうで耳を澄ませていたらしい母親が、不意に大声で泣き出すのが聞こえた。それを聞いて大津は思った。死んだかもしれないという報にはぐっと耐えていた母親が、無事と知らされたとたん泣き出す。これはもしかしたら、日本の女性に独特のことかもしれないな、と。

急遽《きゅうきょ》、奥田と谷川のギャチュンカンへの派遣は中止になった。そしてすぐに迎えの車をネパール側の国境の町コダリに送ることにした。

しかし、この一連の流れを後で聞いた妙子は、不思議な思いに捉《とら》えられることになる。奥田とも谷川とも面識はあるものの知り合いというほど親しくはない。その二人が救援に来てくれることになっていたという。もちろん、それが逆の立場なら、自分たちも彼らの救援に駆けつけたろう。だから妙子が不思議に思ったのはそのことではない。

それは、ギャチュンカンの北壁に取り付き、急なルンゼを登りきり、セラックの上を左上してハング帯の左端を目指しているときだった。モナカ雪や鱗《うろこ》状の氷の上を苦労しながら登っていると、背後に山野井とは違う人の気配を感じた。その人が付き添うように従ってくれる。妙子にはそれが幻影だということはわかっていた。きついクライミングをしているときなど、時折そうした人の気配を感じることがあるのだ。だから、そのときも、いつものやつだな、と思ったにすぎなかった。ただ奇妙だったのは、いつもと違って、そのとき付き従ってくれている人がはっきり特定できたことである。それは、特に親しい付き合いがあるわけでもない谷川太郎だった。どうして、こんなところで谷川の幻影を見なければいけないのだろう、と不思議に思ったのだ……。

2

ベースキャンプに帰還した山野井と妙子は、翌日の一日をテントで休んだあと、三日目の朝にはカトマンズに向けて出発することになった。

リエゾン・オフィサーとその助手は、二人の無事を確認するとすぐにベースキャンプを離れていた。彼らと入れ替わるように、二日目の夜に三人のチベット人がベースキャンプに到着した。山野井と妙子は歩くことができない。三人が交替で背負いながら四輪駆動車の待つ河の合流点まで下ることになったのだ。

その日、山野井と妙子と三人のチベット人は、明るくなってからだいぶたってベースキャンプを出発した。その出発時間に関しては少し遅すぎるのではないかと山野井は思ったが、口に出すのははばかられた。なにしろ、これから、彼らにかついでもらい、運んでもらう身なのだ。

ギャルツェンは、ベースキャンプの荷物を片付け、それよりさらに遅れて出発することになった。

ベースキャンプから離れるとき、ギャチュンカンを眺めた山野井は、その上空が雲ひとつない快晴なのを認めて意味もなく思った。

——今日はアタック日和《びより》だな。

担《かつ》ぎ手の三人のうち、ひとりがひとりを背負い、残りのひとりは空身で歩く。それを順番に回して行きながら目的地まで歩くのだ。背負うのに慣れているとはいえ、そして背負われる二人は困難な登山によって痩《や》せ細っているとはいえ、四十キロから五十キロはある体を背負って険しい道を歩かなくてはならない。崩れやすい崖もあり、水の流れのあるところでは、石から石へと渡らなくてはならない。

背負い方は、チベット人が荷物をかつぐ方法を応用していた。まず、テント用のウレタンマットに芯《しん》を入れて丸める。次にその両端をロープで留めてブランコのようなものを作る。チベット人はそのロープを頭で引っかける。山野井と妙子はブランコに腰を下ろしてチベット人の肩におぶさるように手を回して落ちないようにする。

三人のチベット人は、彼らを背負うと、手をつき、喘《あえ》ぎながら崖を登り、下った。

手頃な石があると、「荷物」である山野井たちを腰掛けさせ、担ぎ手が交替する。地面に置くと持ち上げるのが難しくなるからだ。それはクライマーが登山の途中で休憩するときも同じだった。地面に置いたザックをかつぎ直すのには余計なエネルギーを必要とするものなのだ。

途中で休憩を取ることになり、ひとりがギャルツェンに言いつかって持ってきていた桃の缶詰を開け、それを手の使えない二人に食べさせてくれた。しかし、山野井は幾口か食べられたが、妙子は黒くなった凍傷の唇に滲《し》みてまったく食べられなかった。

彼らは残りを自分たちで食べ終えると、その空き缶をポンと投げ捨ててしまった。

山野井と妙子は、登山に行っても、自分たちのゴミを完璧《かんぺき》に残さないように努力してきた。もし自分たちならカトマンズまで持ち帰り、処分したはずのものだった。その缶について、いつものことができなかったということが、背負われているあいだも、山野井の心に小さなトゲのように刺さったまま残った。

背負っている三人も苦しそうだったが、背負われている二人も決して楽ではなかった。二人は全身が衰弱しているだけでなく、手足に重度の凍傷を抱えている。山野井は背負われていくうちに足がしびれ、血が通わなくなっていくのがわかった。

凍傷にはなにより血を通わすことが必要だった。それをするには担架のようなもので移動するしかない。しかし、このような地形で、このような状況で、それを望むことは無理だった。山野井は、血の通わない足先を意識しながら、右足の指が一ミリ、一ミリ、一本一本死んでいくのがわかるような気がした。

途中で、ヤク使いの男たちとすれ違った。ベースキャンプに残った荷物を回収するためにヤクと一緒に行ってくれるのだ。二人のヤク使いは、鼻も唇も頬も凍傷で石炭のように黒くなった妙子の顔を見て、痛ましそうな表情を浮かべた。

やがて山に日が隠れると急速に寒くなってきた。山野井はチベット人の背中で震えが止まらなくなってきた。

河を下り、目的地に近くなったところ、荷物をまとめ、持てるものをかついできたギャルツェンが追いついてきた。そして、出迎えの四輪駆動車の運転手やリエゾン・オフィサーやその助手も河の合流点にある橋から歩いてやってきた。大人数になった一行は、急に陽気になり、二人を奪うように交替で背負いたがった。山野井はその様子を見て、まるで米俵をかついでの力自慢大会をしているようだと心の中で苦笑した。

しかし、かつがれている「米俵」の二人は笑ってばかりもいられなかった。交替されるたびに、そして走り出さんばかりの早足で歩かれるたびに、苦痛は増したからだ。

ただ、かわいそうだったのはギャルツェンだった。最後になって、やはり自分の仕えた「あるじ」は自分で背負いたいと思ったらしく、力自慢大会に加わろうとしたが、妙子を背負うとすぐに腰が砕けてしまった。そして悲しそうに首を振った。この数日ほとんど睡眠を取っていないギャルツェンもまた疲労困憊《ひろうこんぱい》していたのだ。

ギャチュンカン氷河から流れ出す河と、ロンブク氷河から流れ出す河とが合流するところに、小さな木の橋が架かっている。その対岸の崖の上には車道があり、四輪駆動車が待機している。山野井と妙子は、その橋を背負われたまま渡ることで、ギャチユンカンの死の白い淵《ふち》から本当に脱することができたのだった。

四輪駆動車に乗ったときには夜になっていた。二人は、ギャルツェンと共に、暗い夜道をティンリに向かった。ヒーターを入れてもらっても寒くてならなかった。

「寒い、寒い」

山野井は言い、震えつづけた。

途中で、行きの道とは違うことに気がついた。急いでいるため近道をしているらしい。そのため道は悪く、激しく揺れた。そのたびに呻《うめ》き声が出そうになった。

一本道らしきところを突っ走る。しかし、ところどころに集落の気配があり、それを感じると山野井は心が柔らかく溶けていくような感じになった。

午前零時を過ぎてようやくティンリに着いた。

宿に着き、大きな部屋にかつぎ込まれた。山野井は、その薄暗い光に照らされた自分の足の凍傷が、見た目よりはるかに悪くなっていることを悟らざるをえなかった。カチカチに干からびはじめている先端だけでなく、それより下の甲に近い部分も、紫色になり、青黒くなっている。

手の指も同じように無残だった。凍傷になった部分が割れて血が出はじめていた。

食事を済ませ、横になっていると、宿のおばさんがサービスのつもりでよぶんの布《ふ》団《とん》を持って来てくれた。その湿った重い布団をドサッと体の上に乗せられたとき、足が激しく痛んだ。

翌日は朝の八時に宿を出た。

車の中では、妙子の胃潰瘍《いかいよう》がひどくなっていた。背中を揉《も》んでもらったり暖めたりすると少し楽になる。カトマンズに着くまで、ギャルツェンが背中をさすりつづけてくれた。

ティンリからネパールとの国境までは荒涼とした風景が続く。そこに眼をやりながら山野井は思っていた。

何事も、あるていど長く続けているとマンネリになってしまうところがあるのかもしれない。経験することに新鮮さを失ってしまう。すべてはすでに経験しているという感じを持ってしまうのだ。以前は遠くに発生する大きな雪崩《なだれ》を見ただけで感動したりしていたが、あれはあと二秒くらいで収まるだろうなと冷静に判断している自分がいるだけになる。特別なものであるはずのクライミングが、普通の生活に組み込まれてしまうようになる。自分も、ひとつひとつのクライミングが心から望んだものとしての輝きを失い、ただの生活の一部になってしまっていたのかもしれない。そうした中で、ここ数年の行き詰まりがあったのかもしれないのだ。Ｋ２の南南東稜《りょう》からのソロを称賛してくれる人も少なくないが、自分でそれが大したものではないことがわかっていた。ここ数年、能力も気持も少しも高まらないで、平行線をたどっていた。このままズルズル行ったら「やばい」ことになるかもしれないというかすかな不安があった。だから、もしかしたら、ギャチュンカンの事故は起こるべくして起きたと言えるのかもしれない。たとえ、そこをうまく擦り抜けても、次に起きていたかもしれない。

いずれにしても、これで自分が目指していたクライミングはできなくなってしまった。マカルーも、ジャヌーも、難しい壁を攀《よ》じ登って頂《いただき》に至ることはできなくなってしまった。「絶対の頂」は登れなくなってしまったのだ。しかし、それは死ななくても済むということだ。生き残れるようになったということだ。

このままクライミングを続けていけば、いつか死に至るのではないかと思っていた。そんな俺を誰か止めてくれ、と叫び出しそうな気もしていた。

助かったのかもしれない。これで普通の生き方ができるのかもしれない。それが自分にとって本当に満足のいくことかどうかはわからないにしても……。

チベットの山岳協会側が責任を持ってくれるのは、国境の「友誼橋《ゆうぎ》」までである。ギャルツェンがネパール側に行き、担《にな》い手を探してくるまで、二人は橋のたもとでいかにも暑苦しそうな登山服を着たまま座っていた。チベットに比べるとはるかに暖かいネパール側から来た人たちは、せいぜい薄手のセーターを着ているくらいである。

「いい見世物だな」

山野井は自分たちの姿がなんだかおかしかった。

ネパール人に背負われて「友誼橋」を渡り、ネパール側の国境の町であるコダリの食堂に入った。コスモトレックからの車が向かっているということを知らないギャルツェンは、そこでカトマンズまでの車を調達しようとしたのだ。

その食堂で、山野井は麺類《めんるい》のトゥクパを食べた。妙子はそのスープを、油が入らないように掬《すく》ってもらって二口飲んだ。

ギャルツェンが雇ったのは小型のタクシーだった。

国境からカトマンズまで基本的には下りになる。気温はしだいに高くなり、緑と水が多くなってくる。そして、棚田には黄色く色づいた稲の穂が豊かに実っている。本来なら、登山が終わり、新鮮な視線でその風景を眺めていたことだろう。そして、きっと、美しいなと思っていたはずだった。

しかし、妙子は胃痛のためにそれどころではなく、山野井もまた深い思いに捉われているため眼に入らなかった。

――もう「あそこ」には行けないし、行かなくてもいいのだと思うとほっとするところがある。自分はもう「あそこ」で死ぬことはなくなった。それはほっとすることなのに、妙に物悲しいのはなぜだろう……。

そして、こうも思った。

――これで終わりにしようかな。引き際《ぎわ》としてはそう悪くないかもしれない……。十一歳のときに山に登りはじめて以来、山野井は初めてクライミングをやめようかなと思ったのだ。


タクシーは、まだ日があるうちにコスモトレックのオフィスの中庭に到着した。出迎えてくれた大津夫妻や奥田やコスモトレックのスタッフたちに、山野井は照れたように笑いながら言った。

「やっちゃいました」

それに対して、みんなは口々に言った。

「もうだめだと思っていたよ」

「山野井さんじゃなければ死んでいただろうな」

だが、それを聞いても慰めにはならなかった。

「もう登れません」

自分に言い聞かせるように言った。もう最先端のクライミングはできない……。

そこからコスモトレックの車に乗せられ、カトマンズ市内にある教育病院に向かった。

病院の中はまるで野戦病院のようにごった返していた。

車椅子《くるまいす》に乗せられた二人は急いで救急治療室に入れられた。妙子がそんなに急ぐほどのことはないのになと思っていると、案の定、すれ違いざまに人と接触した山野井は、凍傷にかかった足の指を引っかけられてしまった。山野井に痛みはなかったが、ポキッという音が妙に物悲しく聞こえた。

治療室に入ると、医師たちは凍傷のチェックをしようとしたが、妙子は「そんなのは切るに決まっているのだから、それよりこの胃の痛いのをなんとかしてくれ」と頼んだ。しかし、いつまでたっても年齢はいくつ、血液型は何などとやっている。ついに、妙子は「早く点滴をしてほしい」と怒鳴ってしまった。

夜、ギャルツェンは妻と子供を伴って見舞いに来てくれた。山野井は、給料とは別に五百ドルのボーナスをギャルツェンに渡してくれるよう大津に頼んだ。

3

翌日、日本に行く飛行機の便が取れた。しかし、日本までは車椅子に乗っての移動を強いられる。成田空港には家族が出迎えてくれるにしても、そこまでは付き添いが必要だった。ちょうど日本に帰る奥田仁一が付き添いを買って出てくれたが、ひとりにひとり付き添うとすると、もうひとり必要だった。そこで大津はシェルパのマハビールに行ってもらうことにした。マハビールは、日本の登山隊によくついていて日本語が堪能《たんのう》だというだけでなく、隊員に招待されるなどして日本にも何度か行ったことがあるからだった。

奥田とマハビールに付き添われた山野井と妙子は、手に包帯を巻かれ、車椅子に乗ったまま空港ビルに入っていった。見送りに来てくれたギャルツェンは、ボーナスについて何度も礼を言ったが、二人を世話する自分の仕事がないのがいかにも寂しそうだった。

いつもは時間の取られる出国手続きも、ほとんどフリーパスのようにして通過することができた。それは日本大使館から来た館員が付き添ってくれたからだった。山野井はこうした状態を笑い飛ばすようなつもりでこう思った。

――凍傷も悪くない。

二人は車椅子に乗ったままバンコク行きのタイ航空機に乗り込んだ。機内はさほど混んでおらず、座席に横になることができた。そして、食事時間には付き添いの二人に機内食を食べさせてもらったが、妙子は潰瘍性の胃痛のためほとんど食べられなかった。

飛行機がバンコクに着いたのは午後の六時だった。

そのとき山野井が心配していたことがひとつあった。果たして、妙子は「うん」と言うだろうか、と。バンコクから成田に向かう便が出発するまで五時間以上待たなくてはならない。山野井は、それまでの時間を有料の仮眠室で過ごそうと思っていた。自分はどこでもいいが、付き添いをしてくれている奥田やマハビールのために、少しゆったりと待たせてやりたかったのだ。しかし、妙子がどう言うかわからなかった。

一室五十ドルもするものが、最低二室は必要なのだ。そんな贅沢《ぜいたく》を妙子が許してくれるだろうか。妙子は自分より肉体的にははるかにつらそうだが、そのために無駄な出費をすることなどありそうもなかった。

恐る恐る山野井が提案すると、意外なほどあっさりと同意してくれた。妙子も付き添いの二人のためにそうしようと考えていたのだ。

その部屋で、山野井と妙子は十三日ぶりに頭を洗った。山野井が奥田に洗ってもらうと、それを見たマハビールが負けじと妙子の髪を洗ってくれたのだ。

成田へ向かう飛行機の中で山野井が気になっていたのはマスコミについてだった。もしかしたら、新聞社の記者に、ギャチュンカンの「遭難」について取材されるようなことがあるかもしれない、と懸念《けねん》したのだ。

これは厳密に言えば「遭難」ではない。下降は困難を極めたが、誰に助けられたわけでもない。少なくとも山野井は山の頂に登り、ベースキャンプに自力で戻ってきた。妙子にしても、ベースキャンプ手前の三百メートルを背負われたにすぎない。妙子の言うとおり、彼らが来なければ、自力で歩き通したことだろう。何時間かかろうと、妙子ならやり遂げたはずだ。しかし、一時は行方不明と報じられ、その後に無事とわかった。「遭難」と受け取られても仕方のない条件はある。しかも、困難な下降によって重度の凍傷を負っている。そのことがニュースになってしまうのは避けられないかもしれないと思ったのだ。ただ、山野井はそれについて弁解じみた話をするのはいやだった。

飛行機は無事に成田に到着した。車椅子に乗せられた二人が出入国管理のボックスを通過するとき、ひとりの管理官が妙子に訊《たず》ねた。

「転んだの？」

それ以外に鼻の頭が真っ黒になるという事態を想像できなかったのだ。

「ええ、まあ」

妙子はあえて説明しなかった。

幸い、記者たちに取り巻かれるようなことはなかった。社会部の記者はそれどころではなかったのだ。その三日前、北朝鮮からいわゆる「拉致《らち》被害者」の五人が帰国し、派手な取材合戦が繰り広げられていた。

ゲートの外では、山野井の両親と叔父、それに山の関係者が出迎えてくれていて、すぐに墨田区の向島にある白鬚橋《しらひげばし》病院に向かった。そこには、日本でも数少ない凍傷の手術の専門家がいたのだ。妙子も、十一年前にマカルーで重度の凍傷を負ったときは、その医師に手術してもらっていた。

その旧知の医師は、病院で妙子の顔を見ると言った。

「もうおまえさんとは縁を切りたいよ」

そして、妙子の旧姓を口にしてこうも言った。

「しかし、俺が手術をして、生きているのは長尾妙子だけだ」

医師が凍傷の手術をした者のすべてが死んでいるというわけではなかったが、加藤保男《やすお》や小西政継《まさつぐ》をはじめとして、少なくとも十人はふたたび山に登って死んでいるに違いなかった。

そして、女性の看護師が、ジャンケンでチョキを出したときのような形で包帯を巻かれている山野井の手を見て言った。

「まあ、バルタン星人みたいな手になっちゃって」

山野井はその台詞《せりふ》が面白く、救われたような気分になった。下手に同情されたような言葉をかけられたら滅入《めい》った気分になっていただろう。

第十章　喪失と獲得

1

入院した直後の十日間は点滴が続けられた。それには、栄養剤以外に血管拡張剤と、妙子には胃潰瘍《いかいよう》の治療薬が加えられた。

血管拡張剤は、凍傷になって干からびてしまった部分を、一ミリでも長く生き返らせるようにするためのものだった。周りは真っ黒になっていても、皮をむいてみるとその中は肌色だったり、逆に外は肌色でも芯《しん》は死んでいたりということがある。血の流れる部分を増やし、肌色の生きている部分をできるだけ増やそうとしたのだ。

凍傷になった指は、炭化して真っ黒になる。皺々《しわしわ》になり、曲がりはじめ、ミイラ化する。まるで指にキャップをかぶせられているようだが痛みはない。机をコンコンと叩《たた》いてもまったく感じない。だから、そのまま切らずにつけておいてもいいのだが、何かの拍子に折れたりすると、生きている部分の骨にヒビが入ったりしてしまう。

山野井は右足の指を五本全部と、左右の手の薬指と小指を付け根から切ることになりそうだった。右手の中指が微妙なところで、どこまで生きているかは手術のときにならないとわからないようだった。

心配されていた妙子の顔の凍傷は時間とともによくなり、足の指も切るほどのことはなく済んだ。ただ、手の指は十本すべて付け根から切り落とすことになった。今度は手のひらだけの手になってしまうことになったのだ。

妙子は、何日かして体が動かせるようになると、すぐに腹筋のトレーニングをベッドで始めた。

長い登山生活で、体にさまざまな故障箇所を持つようになっていたが、とりわけ腰痛に苦しめられていた。腹筋が弱ると腰痛がひどくなる。それを予防しようと思ったのだ。そして、それはまた、いつか山に登るときのためのものでもあった。もうこれまでのような過激な登山ができないことはわかっていた。しかし、ハイキングていどの登山ならできるだろう。妙子は、あの苛酷《かこく》なギャチュンカンの下降を経験してもなお、登山を止《や》めようとは思っていなかった。

一方、山野井はベッドの上で茫然《ぼうぜん》と日々を過ごしていた。十一歳のときから登山を始めて、人生で初めて次に登る山のことを考えない日々が訪れたのだ。

――もう、山はいいのかな。

自分のことを振り返ると、日本のクライマーの中で、自分ほど山のことを考え、山に登りつづけてきた者はいないのではないかと思ったりもする。十一歳のときから登りはじめ、以来、朝から晩まで次に登る山のことだけを考えて生きてきた。ただの一日たりとも山のことを考えないという日はなかった。

その自分が山を諦《あきら》めようと思っている。山野井にはそれが自分のことであるにもかかわらず不思議だった。

ところが、次々と見舞いに来る客は、そんな山野井の思いを顧慮することなく、口々に言った。

「それで、来年はどこを登るの?」

もちろん、それが彼らなりの励ましの言葉であることはわかっていたが、誰も自分が山をやめようなどと考えているはずがないと思っているのがおかしかった。

山野井はまたこんなことも思っていた。自分はどこかで一匹狼《おおかみ》的な孤独な生き方をしているように感じているところがある。ところがどうだ。毎日毎日、見舞い客がほとんど途切れることがない。自分は孤独を気取っていても、こんなに友人が多かったのだ。それは笑い出したくなるような発見だった。

そして、そうした人と人とのつながりが自分にできているのは、半分以上、妙子の力だということもわかっていた。妙子は一見無愛想に見えるが、こまやかな心遣いのできる女性だった。そうした心遣いが人を引き寄せているところがある。実際、気がつくと、山野井は自分の両親との関係が密になり、姉の幼い子供たちが遊びに来るようになり、自分に山の喜びを教えてくれた叔父との関係も復活しているという具合だった。それは山野井の家族や親類に対してだけでなく、友人や知人に対しても同じだった。山野井がひとりだったときにはなかったくらい、家に知人が訪ねて来るようになり、一緒にクライミングを楽しむことが多くなっていた。


山野井はあいかわらずベッドの上で茫然としたままだった。何もする気力が起きなかった。心配した妙子が病室に来て言った。

「私は腹筋と背筋をやってるよ。少し体を動かしたら」

しかし、山野井はまったく反応しなかった。

「いい」

そして、ただ欠食児童のように病院食を食べ、見舞いの人が持って来てくれた菓子を食べつづけた。そればかりか、三日置きに洗濯物を取りに来てくれる母親に頼んで、ポテトチップスのようなスナック類をたくさん買ってきてもらっては食べていた。

その山野井の肝臓に小さな異変が起きた。GOTとGPTと呼ばれる数値が異常に高くなったのだ。それは片寄った食生活のせいかもしれない。そう判断すると、山野井はぴたりと甘いものやスナック類を食べなくなった。

あるいは、それが自分の肉体に対して覚醒《かくせい》するひとつの契機になったのかもしれなかった。少なくとも、自分の肉体の損傷部分を最小限に止《とど》めようという意志が、山への思いを甦《よみがえ》らせることにつながっていったのは確かなようだった。

山野井を山から撤退させようと思っていないのは、友人たちだけでなく医師も同じだった。いかに山に復帰させられるかが治療と手術の基本になっていた。

二人は手術前に医師に確かめられた。治療としては長い期間が必要となるが、切り落としたままにして少しでも指を長くするか、数ミリ短くなるのを覚悟で、早く強い皮を作るために切断面を縫い合わせるか。

そのとき、山野井は少しでも長くしたいと即答した。妙子も経験的には縫った方が早くて強い皮ができるような気がするが、一ミリでも長くしたかった。和風の料理を作るのが好きな妙子は、なんとしてでも箸《はし》だけは持ちたかったのだ。

　ある日、妙子は医師に訊《たず》ねられた。

「旦那《だんな》は強いか」

　それは山での強さではなく、痛みに対しての強さ、痛みを我慢できる強さだということはすぐわかった。そこで、妙子は躊躇《ちゅうちょ》なく答えた。

「強い」

　妙子の返事を聞くと、医師は簡単に言った。

「そうか」

　ただそのやりとりだけで、山野井の手の手術は、左右一度にやることになってしまった。結果的には、片手だけでも耐えがたいほどの痛さだったのに、両手同時というのは無謀だったかもしれない。しかし、当の山野井も、どうせやるなら一度の方が簡単でいいのではないか、というように軽く考えていた。

　手術の順番は次のように決定された。まず最初に山野井の両手の手術をする。それが終わってすぐに妙子の右手の手術に取り掛かる。妙子の左手はその一週間後にやり、山野井の足の手術はそれから二週間ほど間を置いてやる。山野井の足は、手のように単に切るだけでなく、切断面に自分の太ももの皮膚を切り取って移植する。そのため、さらにその移植手術までに三週間の間隔を置く。つまり、手術の最初から終わりまで一カ月半が必要ということになった。

十一月下旬、山野井の手の手術が始められた。まず腋《わき》の下から麻酔用の注射を打ったがまったく効かない。医師がピンセットのような尖《とが》ったもので手のひらを突いて訊ねる。

「痛いか」

そこで山野井はこう答えた。

「充分痛い」

そのため腋の下からの麻酔を何本か打ち直したが、尖ったもので突かれるたびに痛さを感じる。医師も諦め、手のひらからじかに注射を打つことにした。これが、叫び出したくなるほど痛かった。

手術は、まず凍傷で完全に死んでいる部分に電気鋸《のこぎり》を入れ、切断するところから始められる。次に、残っている指がどこまで生きているかを確かめながらペンチのようなもので周囲を毟《むし》っていく。痛みは感じないが、引っ張られるときに骨に響く。患者と医師はカーテンのようなもので仕切られている。そのため、作業しているところは見えないが、差し出している腕に伝わってくる振動で何をやっているかがわかる。

最後にまた電気鋸で骨を切り、面取りをしながら削る。尖っていると肉がついて盛り上がったあとで痛くなるからだ。切断した指先が何かにぶつかったりすると、肉に骨の角が刺さってしまう。だから、骨は周りの肉より一段低く削り、それを塞《ふさ》ぐように骨のすぐ周囲の肉だけ縫い合わせる。あとは肉が自然に盛り上がって固い皮がつくのを待つ。

右手の薬指と小指、左手の薬指と小指を切ることはあらかじめわかっていた。さらに、右手の中指の第一関節から上も助からないだろうと言われていた。入院した直後に、その五本を指さして「これとこれは切ることになるな」と言われたときも、別にさほどショックではなかった。しかし、手術の途中で、右の中指の皮膚をむしり、「第一関節から上だけじゃなくて、下もだめだった」と言われたときは、誰に対するものでもない怒りのようなものを覚えた。

——くそっ、ますます登るのに不利になるじゃないか……。

山野井はまた山に登るつもりになっていたのだ。

医師は熱意と愛情を持って治療と手術に当たってくれたが、ひとつひとつの作業にはいくらか困惑させられるところがないではなかった。もうすでに老眼になっているのに、メガネをかけるのを嫌ったりするので、細かい作業が雑になる。だから、山野井は手術前に「先生、メガネかけてくださいね」と頼んだ。妙子などは自分の指が切られているさなかに、「先生、集中、集中」と言ってからかったりもした。

山野井の父親が手術室の外で待っていると、まずストレッチャーに乗せられて山野井が出てきた。さすがに顔は蒼白《そうはく》で、体は小刻みに震えていた。

ところが、それから一時間ほどして出てきた妙子は、女性の看護師と談笑している。山野井とは違って切ったのは片手の指だけだとしても、その様子は驚くべきもののように思えた。さすがに妙子は慣れている、と父親は妙な感心の仕方をしてしまった。

父親は妙子に関してこんな話を聞いたことがあった。マカルーから帰って入院しているとき、同じ病院に小指を詰めた暴力団員が入院していた。あまり痛い、痛いと大騒ぎをするので、看護師が言ったという。

「小指の一本くらいでなんです。女性病棟には手足十八本の指を詰めても泣き言を言わない人がいますよ」

しばらくしてその暴力団員が妙子の病室に菓子折りを持って訪ねてきた、という。

それに似た話は他にもあった。

同じ時期に、やはり凍傷で入院していた若い男性クライマーがいた。痛みに耐えられずに騒ぎ立てるので、看護師が言ったのだという。

「少しは長尾さんを見習いなさい」

すると、その若いクライマーが車椅子《くるまいす》で妙子の病室を訪れて、こう言った。

「長尾さん、僕の立場がないから、少しは泣いてくださいよ」

手術の終わった山野井は、病室に戻ると両手を高く掲げたままの姿勢でベッドに横になった。

血が下がると痛みがひどくなる。麻酔が完全に切れると、近くを誰かが歩いただけで耐えがたい痛みが走った。

——頼むから、俺の周りで動き回らないでくれ！

そう叫びたかった。

ところが、しばらくして手術を終えた妙子は、右手を高く上げた姿で山野井の病室まで歩いてきて言った。

「痛いでしょ」

山野井が頷《うなず》くと、妙子はさらに言った。

「私はあまり痛くなかったけど」

それを聞いた瞬間、山野井は呆《あき》れるような思いで内心つぶやいていた。

——負けた。
ただ、妙子は、一週間後に行われた左手の手術では右手のようにはいかなかった。山野井と同じく痛みに苦しんだが、しかし、しばらくすると、山野井の父親は、自分の手が痛いはずなのに、なにくれとなく同室の老齢の患者の世話をしている妙子の姿を見ることになる。

やがて、切り落とされた指の断面に真っ赤な肉が盛り上がってくる。それはまるで開花したチューリップのような、あるいは、切ったソーセージの断面がフライパンの上で開いていくような感じのものだった。肉は真ん中に向かって山型になってくれればいいのだが、開いてキノコの笠《かさ》のような形になってしまう。傷口は四週間で塞がると言われていたが、最終的には二カ月が必要だった。

医師は二人の治療をするのが楽しみのようだった。山のことや、共通の知人のことが話せるからだ。医師自身も、ヒマラヤの山に登り、パキスタンやアフガニスタンで医療活動をしたこともある冒険家タイプの医師だった。山野井には、医師が自分たちのところにあまり長くいるので、看護師たちがいらいらしているのがよくわかったほどだった。

「次の山を考えてるのか」

医師は山野井にそう言い、

「どこに行くつもりだ」

とも言った。

医師に言われるまでもなく、山野井の意識はしだいに山に向いていった。公園に散歩に行き、鉄棒を見て、早く懸垂をしなくてはいけないなと思ったりした。


妙子の手術は手だけで済んだが、山野井はさらに足の手術をしなくてはならなかった。これが手とは比べものにならない苦痛を伴った。

この痛みはとてつもなく激しいものになるということが予想されたので、医師の勧めに従って、あらかじめ背骨から脊髄《せきずい》に麻酔薬が点滴できる装置を取り付けることにした。痛みが激しいときは、腹にセットしてあるその装置を押し、自分で麻酔薬を流すのだ。その手術は白鬚橋《しらひげばし》病院ではできないため、飯田橋《いいだばし》の東京警察病院でしてもらうことになった。

だが、せっかく苦しさに耐えて埋め込んでもらったものだったが、手術後、山野井の判断で取り外してしまった。あまり長くそれをやると、体のためにならないと判断したのだ。だからといって、痛みが小さかったたというわけではなかった。

足の指を切ることの痛みはなんとか我慢できた。切ったあとのつらさも我慢できた。我慢できなかったのは、皮膚を移植するまで行わなければならなかった傷口の消毒である。切断したところに黄色い分泌物《ぶんぴつぶつ》が固まって付着してくる。それを流水で流し、ガーゼで拭《ふ》き取り、消毒液を塗る。だが、水の一滴が傷口に触れただけで、悲鳴を上げそうになるほどの激痛が走る。最初は医師が手のひらで水を受け、やさしく滴《したた》らせるようにして洗ってくれた。それでもなお凄《すさ》まじい痛みが走る。あまりの痛さに、食いしばった歯が折れそうになったほどだった。

二度目からは看護師が洗ってくれるようになったが、脂汗《あぶらあせ》を流して耐えている山野井の姿を正視できず、今日はこれで止《や》めておきましょう、と言い出すくらいだった。しかし、山野井はタオルを自分の口に詰めて悲鳴を漏らさないようにして耐えた。

それも二週間するとどうにか普通に耐えられるようになった。

移植手術のためには、太ももの皮膚を八センチの五センチ、四十平方センチメートル切り取らなくてはならなかったが、そこはしばらく因幡《いなば》の白兎《しろうさぎ》のように赤剝《む》けたままになってしまった。

父親が、手術をして短くなってしまった手の指を見て、つぶやいた。

「指っていうのは、こんなにもなくなっちゃうものかね。もう少し何とかならなかったのかね」

それを聞いて、山野井はおかしくなってしまった。日本に車椅子で帰ってきたときは、どんな体になっても生きていてくれただけで嬉《うれ》しいと言っていたのに、と。

友人が幼い子供を連れて見舞いに来た。その子供は、山野井の手に指がないのを見ると、不思議そうに訊ねた。

「どうして指がないの」

山野井は笑って答えた。

「山で食べ物がなくなって食べちゃったんだよ」

するとその子はびっくりしたように山野井の顔を見た。

妙子も、その子供と同じようなびっくりした子供の顔を見たことがあった。以前、アルバイトをしていた御嶽《みたけ》山の宿坊に、いかにもやくざ風の客が泊まった。宿の子供たちがその客に小指がないのを見て、訊ねた。

「小指はどうしちゃったの」

すると、その客は怒りもせずに、笑いながらこう言ったのだ。

「そのへんに落としてきちゃったんだよ」

それを聞いた子供たちは一瞬びっくりした顔になったが、すぐにみんなでその小指を探しはじめた……。

山野井は指を失ったことをさほど痛切には感じていなかった。とりわけ手術前は、もう山はいいとさえ思っていた。ところが、山に登りたいという意欲が湧《わ》いてくるにつれ、失ってしまったものの大きさが理解できてきた。

2

妙子の足の凍傷は切るほどのものではなかったため、病院の外のコンビニエンス・ストアーなどで買い物をすることができた。しかし、手の指は十本すべてなくなってしまった。そこで、買い物に出るときは、お地蔵さんの前垂れのように財布を首からぶら下げ、店員にそこから金を取ってもらうようにしていた。その姿を見て、山野井の父親はあらためて感心していた。普通の女性なら、自分のそのような姿を人目にさらすことを避けようとするだろう。ところが、妙子は以前とまったく変わらずに過ごしている……。

山野井は、足の指を切ってから移動には車椅子が必要だったが、二月になると自力で歩けるようになった。それが退院の目安になった。

退院した二人は、ひとまず山野井の千葉の実家に身を寄せた。

山野井の母親は、あらためて妙子の手を見て、一生二人の面倒を見ようという覚悟を決めた。山野井はどうにか社会復帰できるにしても、妙子は手の指をすべて失っている。いくら家事が好きで上手だといっても何もできないだろうと思ったのだ。幸い、自分たち老夫婦は気ままな引退生活をしているし、妙子に対して好意を持っている。世話をできないことはない。

ところが、一週間もすると二人はさっさと奥多摩に帰ってしまった。

妙子はもう少し世話になってもいいと思っていたが、山野井が早々にじれてしまった。自分の育った土地だったが、木も草も水も岩もない、ただ家と道だけの町が息苦しかったのだ。

帰った日から、家事は妙子がした。

最初は包丁がうまく持てなかったが、しばらくするうちになんとか扱えるようになった。指はまったくなくても、手のひらで包丁の柄を包み込むようにして持って切ることができるようになったのだ。やがて二本の箸《はし》を使えるようになった。親指と人差し指の間にわずかに残った股《また》にはさみ、手のひらで包み込んで、コントロールする方法を体得したのだ。

妙子にとって最も重要なことは、包丁と箸が扱えることだった。この二つがどうにか扱えるようになったことで、とても幸せな気分になった。

好きな読書もなんとかできるようになった。本のページがうまくめくれなかったが、箸の先を突っ込み、引っ繰り返すことができるようになったからだ。

しかし、妙子は指がないため髪を洗えない。切断面はまだ充分に強い皮ができていないため使えない。そこで山野井が一緒に風呂《ふろ》に入って洗うことになった。山野井にはまったく切っていない指が両手に五本残っていたからだ。ついでに体も洗ってあげる。

そのことを、山野井は見舞いがてら遊びに来た知人に、照れながらこう言って笑った。

「夫婦愛の極致でしょ」

生活そのものにはあまり困らなかったが、山野井が参ったのは寒さだった。家にいて、二台の石油ストーブを焚《た》いても、切られた足先が冷えきってしまうのだ。そんなことは、まったく経験したことがなかった。

そこで、知人が使うことを勧めてくれた伊豆の別荘で過ごさせてもらうことにした。

その家は、二人が海辺の岩壁を登るためによく通った城ヶ崎の海岸近くにあった。坂の横の窪地《くぼち》に建っているため伊豆にしてはあまり暖かくはなかったが、冬場は二、三時間しか日が差さない奥多摩の家とは比べようがなかった。

城ヶ崎では、日中は、テレビのサスペンス物の舞台となることの多い崖《がけ》のある公園を散歩した。右足の指のなくなった山野井は転びやすくなっており、転ぶたびに指の切断面から血がにじんできた。

自分たちがよく登り、自分がルートを開拓したことすらある海沿いの岩壁を眺めながら、ぽつりぽつりと言葉を交わした。

「無理だろうな」

山野井が言うと、妙子は何も訊《き》き返すことなく言う。

「無理だと思う」

それですべてがわかりあえる。もうかつてのようなクライミングをすることは無理なのだ。

しかし、また何日かすると同じ言葉を繰り返す。

「無理かな」

「無理だよね」

ギャチュンカンの登山に対する日本での反応はさまざまだったが、朝日新聞に出た記事が代表的なものかもしれなかった。
《岩壁やヒマラヤ高峰の先鋭的な登攀《とうはん》で世界的に知られる山野井泰史さん（37）は10月、中国・ネパール国境のギャチュンカン（7952メートル）に北壁から単独登頂を果たしたが、下山時に悪天候につかまり手足に重度の凍傷を負った。途中まで同行した妻の妙子さん（46）との、雪崩《なだれ》の巣と化した北壁からの脱出行は極限のサバイバル体験だった》
それ以外の報道もおおむね好意的だったが、インターネット上で「山野井泰史のギャチュンカンは失敗だった」と書き込まれることもあったように、一般的には「遭難」という印象で受け止められることが多かった。山野井はそれはそれでかまわないと思っていた。

だから、朝日新聞から「朝日スポーツ賞」を受けてもらえないかという打診があったときは意外な感じを受けた。授賞理由は「アルパイン・クライミングでの世界的な業績に対して」というものだった。

その電話を受けたのは、まだ入院中のときのことだった。受けることを承諾し、車《くるま》椅子《いす》を父親に押してもらい、その授賞式に出てあらためて驚いた。自分以外の受賞者はサッカーの日本代表や水泳の北島康介《こうすけ》、それにゴルフの丸山茂樹《しげき》といった華やかな「有名人」ばかりだったからだ。

それからしばらくして、今度は「植村直己《なおみ》冒険賞」が与えられるという知らせを受けた。山野井には、それが妙子と二人に対するものだというのが嬉しかった。受賞対象の冒険名は「ギャチュンカン峰の登頂に成功」ということになっていたが、妙子は登頂していない。しかし、ある部分は間違いなく妙子の力で下降できたのだ。あの登山は自分だけのものではなかった。

二人はその賞を受け取るために、植村の故郷である兵庫県の日高町まで赴いた。

しかし、続けざまに受けたそれらの賞によって、二人の何が変化するということもなかった。山野井には、それらの賞に勝るものが、すでに与えられていたのだ。

退院して千葉の実家にいるときのことだった。誰に電話番号を聞いたのか、イギリスのダグ・スコットから電話がかかってきた。日本山岳協会に招かれて東京に滞在中、山野井のことを聞いたらしいのだ。

その電話で、六十歳を過ぎたはずのダグ・スコットは、次に登りにいくというチベットの山の名前を口にした。

「ヤスシは知ってるか?」

まったく聞いたこともなかったが、その口調があまりにも楽しそうなのに、こちらまでも嬉しくなって、つい「知ってます」と答えてしまった。

その電話の中で、ダグ・スコットがギャチュンカンの登山についてこう言った。

「ヤスシ、いいクライミングだったな」

その言葉はどんな慰めの言葉より、どんな称賛の言葉より嬉しいものだった。

電話を切っても、その嬉しさは消えなかった。そして思った。ダグ・スコットはあの歳《とし》で、まだあんなに山に登ることを楽しげにしゃべっている。すばらしいな……。

あるいは、そのとき、ギャチュンカンで凍りついたクライマーとしての魂が、ふっと融《と》け出しはじめたのかもしれなかった。

3

暖かい季節になり、二人は城ヶ崎から奥多摩に戻っていった。

徐々に以前の生活のリズムに近いものが戻ってきた。

五月、家の近くにある御前山に行った。それがギャチュンカンから戻って、初めて登る山だった。標高は一四〇五メートル。子供たちがハイキングで登るような山だった。スキーのストックを左右の手に握り、恐る恐る登りはじめた。意外にも同行者に遅れないで登ることができたが、下りになると、足の指の切断面が靴先に当たり、痛みはじめた。バランスも失いやすく、何度か転びそうになった。家に帰ると、靴下が血に染まっていた。指の切断部分にようやくついた薄皮が裂けていたのだ。

しかし、とにかく山に登り、降りてくることができた。そのことは大きな励ましになった。

次に、高水三山に登り、三頭山に登り、笠取山《かさとり》にも登った。どこも中高年のハイカーが歩くようなところだったが、山野井の足取りはしだいに確かなものになっていった。

そして八月には、以前から行きたいと思っていた屋久島《やく》を訪れることができた。さらに九月、ホームグラウンドとも言うべき御岳渓谷で、ついにフリー・クライミングを再開することになった。

フリー・クライミングには、ぴったりとしたクライミング用のシューズを履かなくてはならない。そこに足を入れるのは指先の皮がむけそうで怖かった。しかし、どうにか靴を履き、岩を登りはじめると、一気に以前の感覚が甦《よみがえ》ってきた。

そのようにして、少しずつ難しい壁に挑戦していった。すると、とうてい登れないと思っていたルートが、ある日とつぜん登れるようになるということが起きてきた。それは何にも増して嬉しいことだった。登ることが楽しく、登れることが楽しかった。岩登りから帰ってきて、また明日も行かれると思うとわくわくする。自分がこれほどクライミングが好きだったということをあらためて確認するような思いだった。

最初、クライミングを再開したばかりのときは、クライマーとして赤ん坊同然だった。ところが、しばらくやっているうちにクライミングの幼稚園児くらいまでになっている自分を発見した。そしてさらにやっていると、いつの間にか小学生になっていた。

そのとき、山野井は理解することがあった。自分はクライマーとしての人生をもう一度送り直しているのだなと。

しかも、その成長の度合いは自分でも驚くほど早かった。これは絶対に登れないだろうなと思っていたルートが、諦《あきら》めないで登っているうちに何週間かで登れるようになる。新しい筋肉がつくのには二カ月は必要だと言う。だから、筋肉がつくことによって登れるようになるのではないのだろう。失敗しても失敗しても登っているうちに、あるとき脳のどこかが、ここは登れると思うようになる。そこと手足の神経が結びついたとき、登れなかったはずのところが登れるようになるに違いなかった。

奥多摩で暮らすようになったとき、古い借家の地下室のような部屋に、大家の許可を得て人工壁を作らせてもらった。壁にさまざまな突起物を埋め込み、それをつたって天井まで登ったり、端から端まで移動したりするのだ。

二人は動物が大好きだが、山中心の生活を送っているため犬や猫を飼うことができない。犬は預けられるにしても、猫は難しい。

しかし、ある一時期、捨て猫を飼っていたことがある。その猫は、二人が人工壁で難しいクライミングをしているのを下からじっと見ていることがあった。その猫の上に落下すると危ないので、あっちに行っていろと命令するのだが、知らん顔をして眺めている。そして、二人が一休みすると、おもむろに真似《まね》をして登りはじめる。一つ目の突起物で簡単に落とされてしまうのだが、悔しそうに上を眺めると、また登りはじめる。二人は「やっぱりおまえも上に行きたいのか」と言って笑い合ったりした。

猫は何回か失敗すると飽きてしまったらしく登らなくなってしまったが、二人はいつまでも飽きなかった。飽きなかったのは、何度も繰り返していると、いつか登れるようになるということを経験的に知っているからでもあった。

指を失っても、やはり何度か繰り返し登っているうちに登れるようになる。自分が成長していることがはっきりわかる。それは素朴に嬉《うれ》しいことだった。手と足の指がないことで、その成長には絶対的な制約があるだろう。しかし、その限界に到達するまでは進歩しつづけることができるのかもしれない。山野井はそう思うようになった。

妙子の障害の度合いが、これまでの三級から新たに二級に認定された。身体障害者障害程度等級表の中の「肢体不自由」の二級の項にある、「両上肢のすべての指を欠くもの」という条件に合致したのだ。妙子は両上肢、つまり両手の指のすべてを欠いていた。一級はまったく体を動かせない人がほとんどだから、それに次ぐ困難を背負っていると認定されたことになる。

手足の二十本の指の中で、まったく切っていない指は左足の小指と薬指だけである。およそ世界の先鋭的なクライマーの中でも、十八本もの指を切っているクライマーは妙子以外にそうはいないはずだった。そこまでの凍傷を負う前に死んでいるだろう。それを二回も繰り返してなお生きている。だから、その指の状態は妙子の強さを表すものでもあるのだ。

一本の指を失っただけで、人は絶望するかもしれない。しかし、十八本の指を失ったことは、妙子を別に悲観的にさせることはなかった。好きなことをして失っただけなのだ。誰を恨んだり後悔したりする必要があるだろう。戻らないものは仕方がない。大事なのはこの手でどのように生きていくかということだけだ。

時間が経《た》つにつれて、指を失った手の使い方がうまくなる。煮物をするために固いカボチャが切れるようになれば嬉しかったし、服の繕い物ができるようになればまた嬉しかった。もっとも、針に糸を通すのだけは山野井にしてもらわなくてはならなかったが。

しかし、障害の程度を六級と認定された山野井は、妙子ほど達観できなかった。フリー・クライミングを再開し、新たなクライミング人生を始めてみると、手の指を失ったことの大きさを痛切に感じるのだ。

入院中、リハビリの担当医にこう言われたことがある。それぞれの手に残っている三本の指は普通の人より発達するだろう。しかし、まだ切った指を使いたいという思いがあると、つまり切った指を忘れられないと、残っている指が発達しない。うまく忘れられたとき、残った指と脳との回路がうまくつながって成長するようになる。

しかし、忘れようとしても、ついこの指があったらなと思ってしまう。

たとえば、失う前までは小指の重要性には気がつかなかった。少年時代、剣道をやっていたが、そのとき竹刀《しない》は小指で握れと言われたことがあるのを思い出したりもした。小指がないことで力が入らないのだ。あるいは、右の中指がもう少し残っていたらとも思った。そうすれば、あの岩のホールド、出っ張りを摑《つか》めるのに、と。

「指があったらな」

他人には決して漏らさなかったが、妙子には悔しそうに言うことはあった。登れない自分が歯《は》痒《がゆ》かったのだ。しかし、妙子は、ないものはないのだから仕方がない、と取り合わなかった。

山野井は、妙子のそうした思いきりのよさは母親譲りなのではないかと思ったりもする。妙子の母親は極端な心配性だが、病院に見舞いに来て、まったく指がなくなった娘の手を見ても、特別な反応をしなかった。なくなったことをすんなりと受け入れている。

「やっぱり、これも血だな」

山野井が言うと、妙子が笑いながら言う。

「ただよくわかっていないだけかもしれないよ」

「そうかな」

「だって、マカルーから帰って指をいっぱい切ったときも、お医者さんに、娘の指はいつごろ生えてくるんですかって訊《き》いていたくらいだからね。今度も生えてくるとでも思ってるんじゃないかな」

指は生えてはこなかったが、妙子もまたクライミングを再開するようになった。冬になり、また城ヶ崎にある知人の別荘を借りて暮らすと、一年前とは違い、二人して崖《がけ》を登るようになったのだ。

かつてウォーミングアップのために軽く登ったようなところが登れなくなっている。指がないので手の置けるところには限りがある。それでも、なんとか登れるルートはあるものなのだ。

二人が登っていると、感動して声を掛けてくれる年配のクライマーがいる。彼らは、ギャチュンカンでの出来事を知っており、二人の手足のことも知っている。そんな二人が登っているということに深く心を動かされるらしいのだ。そして、山野井は、そのような人の言葉を素直に受け取ることのできる自分に驚いていた。時には、その言葉に「突っ込み」を入れたくなることがあるにはあったが。彼らはこんなことを言うことがあるのだ。

「もう登ることができるなんて、医学の進歩というのはすごいですね」

山野井はこう言ってみたかったのだ。医学は基本的にはただ指を切るだけなんです。すごいのは、もしかしたら僕たちかもしれないんです、と。

4

退院した年のことだった。夏に屋久島に行き、帰った二人は、二カ月後に中国に行った。

山岳関係のライターをしている女性に誘われ、四川省《しせんしょう》にトレッキングに行ったのだ。山野井は、どこまで歩けるか不安だったが、いざとなれば馬に乗ることもできるという言葉に惹《ひ》かれて行くことにした。

成都まで飛行機で行き、あとは中国の旅行会社のガイドの運転する四輪駆動車で、成都から西に約二百キロの稲城というところに行った。トレッキングは、シャルオドジェやシャラリといった未踏峰の周辺をゆっくり歩くというのんびりしたものだった。そのトレッキングに同行してくれた中国人のガイドは、有能なうえに日本語が堪能《たんのう》だった。

予想外に歩けたことに満足して成都に戻る途中、ほとんど期待することもなく一枚の写真を見せた。それは、イタリアの登山用具メーカーの出した写真集の中にあった山の写真だった。

垂直な岩壁がすっくと立ち上がっている写真だった。そのキャプションには中国とある。その写真を見て以来、なんとなく気になっていた。そこで、中国に来ることになったとき、何の気なしに持って来ていたのだ。

ガイドに見せたときも、この広い中国で、壁の写真を見ただけでそこがどこかわかるとは思っていなかった。

ところが、そのガイドは、写真を見ると、これなら知っているというではないか。しかも、そのポタラ峰は四川省にあり、少し遠回りすれば成都への帰り道の途中に寄ることができるという。

山野井は、彼が連れていってくれたところを見て、まさに写真そのものの大岩壁があるのに感動した。

見ると、クラックがある。この岩の割れ目のラインを使えば登れるかもしれない。写真を何枚も撮り、日本に帰ってから検討してみた。まだ、誰も登頂に成功していない壁らしい。標高五千五百メートル。垂直の壁が千メートル立ちはだかっている。面白い、あそこを登ってみよう。

それは、かつてヒマラヤに向かう前に熱中していたビッグウォール・クライミングをもういちどやるということだった。壁を少し攀《よ》じ登っては、降りて荷物を上げ、また攀じ登る。その繰り返しで、二週間は登りつづけなくてはならないだろう。いまの体で壁に二週間も貼《は》りついていられるかどうかわからない。しかし、この岩壁はいまの自分が持っている能力を発揮することで登れそうな気がする……。

一年後の八月、少しずつ準備をしてふたたび成都に向かった。あるていどのトレーニングを積み、登りたいという意欲も充分に持っていた。

今度は直接、目的のポタラ峰に向かった。同行した妙子は、そのすぐ近くの岩壁を、一緒に来てくれた遠藤由加たちと登ることにした。

山野井は、その壁の取り付きに登攀《とうはん》具や食料を運ぶのに三日かかった。

そして、いよいよ登りはじめた。

しかし、わずかワン・ピッチ、五十メートル登るだけで疲れ果ててしまった。北に向いているためまったく日が差さない。おまけに雨が常に降りつづいており、雪も降る。その雨や雪に対する備えを充分にしていなかったので、体がびしょ濡《ぬ》れになり、凍りつくようになってしまった。

二百五十メートルほど登り、ついに諦めて降りてきた。妙子たちも登り切ることができず、すでにベースキャンプに戻ってきていたが、遠藤が山野井の顔を見て言った。

「ずいぶんジジイになっちゃったね」

確かに疲労困憊《ひろうこんぱい》したが、山野井の気持は明るかった。

――来年、もう一度やるぞ。

かつて、冬のフィッツロイに敗退したときもそう思った。そのときは、これを乗り越えられなければ前に進めないという切羽詰まったものがあった。

しかし、いま、同じように「もう一度」と思いながら、ずいぶん違っていた。新しい目標のできたことが、ただ嬉しかった。

終　章　ギャチュンカン、ふたたび

山野井と妙子は、中国の四川省から帰って一カ月後の九月、今度はカトマンズに向かった。ヒマラヤへのトレッキング・ツアーに同行してくれるよう頼まれたのだ。

以前から、山野井にはこういう思いがあった。有名なクライマーがその名前を使って「何某《なにがし》と一緒に行くヒマラヤ」などというツアーに行くのはみっともないなあ、と。できれば自分はしたくないものだと思っていた。

ところが、ギャチュンカンのときに世話になったコスモトレックの大津と、日本でもさまざまな心遣いをしてくれている旅行会社の社員の二人から、「山野井泰史と妙子夫妻と行くヒマラヤ」というツアーに参加することを頼まれてしまった。断るのは心が痛む。どうしたらいいのか思い迷っているとき、ある人にこんなことを言われた。

もし、その人たちのために素直にやってあげたいと思うのなら、他人がどう思うかなどということは考えなくてもいいのではないか。そもそも、それがあなたの生き方ではないか。山野井はそれを聞いて、確かにそうだったと思った。

二つのコースのうち、アンナプルナを見るというツアーに二人で参加した。自分たちより年配の人がほとんどのツアーで、いろいろな気苦労もあったが、それなりに楽しいこともあり、大津たちにいくらかでも返礼ができたことに満足した。

そして二人は、カトマンズに戻ってツアーの一行と別れると、すぐにチベットに向かった。そのツアーに参加した理由のひとつに、帰りにチベットに行けるということがあった。二人はギャチュンカンに行くつもりだったのだ。

ギャチュンカンへの旅のルートは、二年前とまったく同じだった。カトマンズから国境を越えてチベットに入り、ニェラムを経由してティンリに向かう。

違っていたのは、同行者がギャルツェンではなく、日本の知人だということだった。二人よりかなり年長のその知人は、登山経験のまったくない男性だったが、このギャチュンカン行きの話をすると、自分も行きたいと言い出したのだ。山野井は、自分の能力のぎりぎりのものを発揮しなければならない登山をするときには、できるだけ他人と一緒に行きたくないと思っている。しかし、このギャチュンカン行きは、山に登るためのものではなかった。二人より人数の多い方が旅は楽しくなる。そこで、三人で行くことにしたのだ。

もちろん、山に登らないといっても、ベースキャンプには入るつもりだった。そこでも五千五百メートルはある。まったく登山経験のない中年男を連れていって大丈夫だろうかという懸念《けねん》がなくもなかった。しかし、試しに富士山に登らせてみると、意外に強いことがわかった。登るスピードはさておいても、高度にかなり強そうだったのだ。

ニェラムで一度高度順化のための山登りをしたが、あとはそれだけでギャチュンカン氷河から流れ出す河を遡行《そこう》していった。

今回はヤクがいない。必要なテントや寝袋や食料はそれぞれがザックに入れて背負っている。だから、河沿いの道ではなく、瓦礫《がれき》が山となっているガレ場の丘を登り降りして近道をすることにした。それはまた、凍傷にかかった二人がチベット人に背負われて通ったところでもあった。

瓦礫の斜面をトラバースするときは、二人が男性の前後について足の置くところを指示するというようなこともあったが、なんとか二泊三日でベースキャンプにたどり着くことができた。

ベースキャンプに着いて二日後、山野井と妙子の二人は、朝食をとると、空のザックを背負い、男性をベースキャンプに残して岩が転がるモレーンに入っていった。山に登るためではなかった。かつて靴のデポ地点にしていた岩を目指したのだ。そこには、苦しい下降の途中で、持つか持たないのかの決断を迫られ、すべて残してきてしまった二人の荷物があるはずだった。

二人は、その残してきてしまった荷物、ギャチュンカンにとってはゴミでしかないものを回収するためにだけ、またここに来ていたのだ。

夕方、いくらか高度障害の出かかったぼんやりした顔つきで、男性がベースキャンプの自分のテントの前に座っていると、二人が氷河上のモレーンからゆっくりとした足取りで戻ってきた。

山野井の手には錆《さ》びた空き缶がひとつだけあった。どうしたのか、というように男性が顔を向けると、山野井は少し笑いながら言った。

「これしか見つかりませんでした」

山野井の説明によれば、この氷河がさほど発達中のものとは思えなかったが、何十と積んだケルンがひとつも残っていなかった。周辺の状況はすっかり変わり、目印にしていた布のついた棒はもちろん、記憶に残っている岩も消えていた。この二年間で、ギャチュンカンの氷河も動き、岩も動いてしまったらしい。何時間もかけてあたりを探しまわったが、ついに自分たちの荷物は見つけられなかった。ただ、アメリカ隊が残したと思われる空き缶がひとつ見つかっただけだった……。

二人は、疲れたように自分たちのテントに入っていった。

男性は、そこに座ったままギャチュンカンの北壁を眺めつづけていた。快晴の空は夕方になっても深い青さを保ち、どっしりとしたギャチュンカンの北壁は白く輝いていた。

ふと、今日は何日だろうと男性は思った。働きの鈍くなった頭で、カトマンズを出発してからの日数を数えはじめた。九月二十七日に出て、今日で八日目になるから、十月四日ということになるのだろうか。

だとすれば、山野井と妙子がアタックに出たのは、二年前の明日ということになる。その前日も、この日のように快晴だったはずだ。山野井がここに来るまでの途中でそう語っていた。晴れているのが、次に崩れるまでの好天を食っているようで複雑な気持がしたものだと……。

そのとき、二人のテントの中から声が聞こえてきた。

「終わったな」

山野井の声だった。妙子は黙ってうなずいているのか、声は聞こえない。そしてまた、今度は自分に言い聞かせるような山野井の声が聞こえてきた。

「これでギャチュンカン北壁は終わったな」

男性が、白く輝くギャチュンカンの北壁をぼんやりした頭で眺めつづけていると、頂上付近に小さな雲がかかってくるのが見えた。それは、山野井たちがアタック前に見たという、クラゲの笠《かさ》のようなかたちをした雲だった。

後記

これは、二〇〇五年八月号の「新潮」に「一挙掲載」された「百の谷、雪の嶺《みね》」を改題したものである。

私には珍しく、この作品は雑誌に掲載する直前までタイトルに悩んだ。「百の谷、雪の嶺」にするか、「凍」にするか。迷った末に、ギャチュンカンそのものを意味する「百の谷、雪の嶺」を選んだ。

しかし、それを書き終えた直後、ポタラ峰北壁に再度挑戦している山野井泰史に会うため、炎熱下の中国をバスで移動しつづけているうちに、あれはやはり「凍」だったのではないかと思うようになった。あの世界を構成しているのは、ギャチュンカンという山と、その北壁に挑んだ山野井泰史と妙子の両者であり、その全体を包み込む言葉としては「凍」以上のものはないのではないか。「凍」と書いて「とう」と読ませるのはかなり強引だが、許してもらえないこともないだろう。

そして、ひとたび「凍」と心に決めると、もう二度と揺るがなくなった。

それには、「凍」が凍りつく、凍えるといった意味だけでなく、音として「闘」とつながるということの発見があったかもしれない。彼らは、間違いなく、圧倒的な「凍」の世界で、全力を尽くして「闘」することを続けたのだ。

なお、二〇〇五年七月十九日、山野井泰史は、粘り強い戦いの末に、ポタラ峰北壁の初登頂に成功した。

二〇〇五年九月

沢木耕太郎

解　説——最も自由なクライマー

池澤夏樹

山野井泰史と山野井妙子、この二人が成し遂げたことの記録であるこの本を読んで、なぜかくも深く心を動かされるのか、ずっとそれを考えている。

ヒマラヤの高峰ギャチュンカンに登る。標高七九五二メートル。彼らは男女二人だけのアルパイン・スタイルで一気に登り、泰史が頂上を踏んで、二人とも生還した。前後九日間に亘《わた》る不屈の戦い。

具体的に彼らの行程を辿《たど》り直してみよう。

第一日目にベースキャンプから五九〇〇メートルの取り付き点まで行く。

第二日目に十六時間かけて七〇〇〇メートル地点まで登ってビバーク。

三日目に七五〇〇メートルまで登ってビバーク。

四日目に頂上を目指すが、妙子はビバーク地点で待つことにして泰史が登頂、妙子のところへ戻る。

五日目、七二〇〇メートルまで降りて幅わずか十センチの棚でビバーク。この夜中に雪崩《なだれ》に襲われる。

六日目、下降の途中で妙子が落ちる。なんとか確保して、降りて、午前三時からブランコ状態で朝を待つ。まだ七〇〇〇メートル以上。

七日目、まず泰史が出発の取り付き点に到着、後に妙子も降りてくる。ここで一泊。

八日目、午前二時まで歩いたところでもう一泊。

九日目、ベースキャンプに戻る。

この各段階がそれぞれどれほどの困難を伴ったかは本文を見ていただきたい。人間の身体にはこれほどの力があるものか。手足の少なからぬ数の指をかつての凍傷で失い、加えて妙子は高所ではほとんど食事が摂《と》れない体質という悪条件のもとで、必要なものをすべて二人で背負い、平地の三分の一という酸素濃度、氷点を下回る気温の中で、垂直に近い雪と氷と岩を登り、休み、吹雪に耐え、登り、雪崩に襲われ、落ち、はなればなれになってまた互いを見つけ、生きて帰る。人間の身体の力としてこれは驚嘆すべき偉業である。

だが、それだけならば、この記録にこれほど心動かされることはないだろう。感動するのは、彼らが真の意味で自由であるからだ。

体力の次に持ち出すべきは精神力かもしれない。彼らには常人にはない特別の精神力があった。しかしぼくはこの言葉を使いたくない。そんな簡便で都合のいい曖昧《あいまい》な言葉で彼ら二人を説明したつもりになりたくない。それはトートロジーでしかないし、沢木もそんな言葉は使っていない。

泰史と妙子は自由なのだ。すべてを自分たちだけで決められるように生活を、人生を、設計している。あることをするのに、他人が提示する条件を容《い》れた方がずっと楽という場合でも、苦労を承知で自分たちだけでやる方を選ぶ。それは本当に徹底している。その姿勢をぼくは自由と呼びたい。

まず彼らは極地法ではなくアルパイン・スタイルによる登山家である。たくさんのポーターを雇って大人数で行って、ベースキャンプから次々に荷揚げをしてキャンプを設営し、次第に人数を減らしていって、最後に何人かが頂上を踏む。これが極地法であって、このやりかたでは登山隊という組織そのものが山と同じピラミッド型をしている。あるいは軍隊に似ていると言ってもいい。分業制なのだ。

それに対してアルパイン・スタイルではベースキャンプを出発する人数と登頂する人数は原理的に変わらない。頂上を踏もうと意思する者が自分たちだけで身軽に登り始めて、速攻で登ってすばやく降りる。アルプスで始められた方法がそのままヒマラヤでも用いられる。困難な場面で行くか戻るか判断するのも自分たち。すべてが自分の中で完結しているから自由な登山になる。個人主義的と言ってもいい。

似たタイプの登山家としてぼくは植村直己《なおみ》の名を思い出す。彼もまた単独行の人だった。五大陸の最高峰すべてに登るという偉業を世界で初めて成し遂げたのが二十九歳の時で、五つの峰のうちエヴェレスト以外は一人で登った。北極圏一万二千キロの犬橇《いぬぞり》の旅も、グリーンランド縦断も一人だった。最後にマッキンリーから帰ってこなかった時も一人。

彼の時代にはまだ極地法が主流だったから、彼も大規模な登山隊に参加したことがあったけれども、うまくいかなかった。わがままな性格ゆえに集団行動を乱したわけではない。むしろ献身的すぎるのだ。率先して荷揚げに務め、めだたないように働き、最後も人に譲るつもりでいるのに、その段階になると体力を残しているのは彼一人。それで登頂に成功すると、今度は報道の中で自分の名ばかりが大きく出ることに困惑してしまう。日本へ凱旋《がいせん》する隊から離れて一人ヨーロッパへ逃げる。そんなことから彼は一人でやる方が自分には合っていると納得して、以後は集団の登山はしなかった。

山野井泰史と（旧姓）長尾妙子の場合は、二人とも、そんなに大掛かりな登山をする前から自分たちは単独行に向いているとわかっていたようだ。少なくとも泰史は最初からずっとソロで登って記録を作ってきた。

「山野井にとって、八千メートルという高さはヒマラヤ登山に必須《ひっす》のものではなかった。八千メートル以下でも、素晴らしい壁があり、そこに美しいラインを描いて登れるなら、その方がはるかにいいという思いがあった」という。山に登るのは頂上を踏むのが目的であり、高い方が記録として価値があるのは当然だが、それと同時に美しいラインというところが大事なのだ。

あるいは、自分にとって初めての八千メートル級の山になるブロードピークを目指していた時、彼がベースキャンプの横に転がっていた大きな石に登る方に夢中になったというエピソードがある。ブロードピークの方はまず間違いなく登頂できるけれども、この高さ数メートルの石の方は上に立てるかどうかわからないと言って、どうやっても途中で落ちるか行き詰まるのに飽きずに試みる。

妙子はどうなのだろう。どんな場合にも泰史のようには熱くならないように見える。もっと落ち着いて、着実に動く。それでまちがいなく高度を稼ぎ、登り、降りてくる。落ち着いているのは女性だからか歳《とし》が上だからか。いずれにしても、目的を共にしながらそこに至る経路が微妙に違うこの二人の組み合わせは無敵だ。一方が不得手な局面で他方が力を発揮する。

彼らが確保している自由の中で大事なのは名声からの自由である。つまり名声を求めないこと。そういうものに振り回されないこと。(日本人の自由観には「何々からの自由」というのがない。みんな自由とは何かしたいことを邪魔されずにできることだと思っているが、しかし、したくないことをしない自由もあるのだ。例えば、徴兵制は人を殺さない自由を奪う。)

時として名誉欲は人を動かして能力以上のことをやらせるけれども、泰史と妙子はそういう方法によって自分を鼓舞しない。山に登る喜びは自分たちの中で完結している。だから七大陸の最高峰制覇などという類の登山はしない。それはもう誰かがやったことだし、他から与えられたリストを消化することでしかないから。登ったという事実を作るためだけにおもしろくない山に登るのは好きではない。

泰史は別のところで、お金にならず、名声や名誉にも結びつかない自分のクライミングを「真剣な遊び」と呼んでいる。その時々の自分の条件でできるぎりぎりのところを追求する。スポンサーをつけないのもいわば撤退の自由を担保するためではないか。

あまりにおもしろい本なので、読後の興奮のままに山野井夫妻のことを書きつらねたが、そのおもしろさを成立させているのはもっぱらノンフィクションを書いてきた作家としての沢木の伎倆《ぎりょう》であり思想である。

まずはことを料理になぞらえてみよう。フィクションを書く時、作家が使う素材は自分の畑で育てたものだ。つまり調理場に運び込まれる前から素材は彼の管理下にあってよく知っているもの。何年もかけて育てたものならば、それが育つ間ずっと見ていた。熟するのを待っていた。

しかし、ノンフィクションを書く時には作家は素材を野に求める。山の中を走り回って山菜やキノコや堅果やベリーを見つけ、それを持ち帰って調理する。その山歩きの段階からもう料理人としての腕が問われている。

つまり、このノンフィクションの傑作が成り立つについては、第一段階として山野井泰史と妙子という素材を沢木が見つけて己がものにしたということがある。ぼくは二人を山菜やキノコに喩《たと》えているのではない。二人がなしたギャチュンカン登頂という一つの事件が一抱えほどにも大きく育った天然の舞茸《まいたけ》なのだ。

その先に調理の技術がある。まずは、二人の記憶を引き出すインタビューの手腕。人は自分が成したことをストーリーの形で詳細に覚えているかのように思いがちだが、それを本当にストーリーとして語れる者は少ない。というよりも記憶というのは雑多な断片の集積であって、それをストーリーにまとめるのはまた別のことだ。

数日間の濃密な行動を後になって再構成するのは決して容易なことではない。その時はともかく夢中で、頂上を踏んで生還することしか考えていないだろう。あるいはたった今の難関を越えることだけ。後になって、ずっと落ち着いて、凍傷の傷も癒えてから振り返った時にどこまで細部を覚えているか。混乱した印象を整理し、時間に沿って再統合するためにはよき聞き手が要る。

この三人はどれほどの時間をかけて細部を思い出すという共同作業をしたのだろう？　そこでは沢木の人柄がどういう力を発揮したのだろう？　この話の最後の方に山野井夫妻が再びギャチュンカンの麓《ふもと》まで行くエピソードがある。「登山経験のまったくない男性」と自称する沢木を伴って、かつて残したゴミを回収するためにベースキャンプまで登る。そういうことができる仲を沢木は山野井夫妻との間に構築した。ただ親密なだけでなく、理解者としての沢木を泰史と妙子は受け入れた。

それは二人の行動が具体的に文章によって表現されることへの信頼でもある。たとえば標高六千八百メートルの孤絶した場での自分のふるまいが「手を岩に押しつけ、片足をわずかな出っ張りに置き、反対の足をつるつるの岩肌に接し、ほとんどありはしないアイゼンの摩擦で騙《だま》すようにして支える」と書かれるのを読んで、これはまちがいなくあの時あの場で自分がしていたことだと当人が納得することだ。
ノンフィクションの背景には人間への関心がある。フィクションはしばしばイデアにさまよい、イデオロギーに走り、形式に凝り、詩に流れ、作者の勝手な夢想の器として使われる。しかしノンフィクションはいつも生きて世にある人間たちへの強い関心の上に成立する。だから作者は一歩だけ背後に下がっている。その位置から静かな透徹した目で主人公を見ている。

山野井泰史と妙子はギャチュンカンから五年後の二〇〇七年、グリーンランドで標高差千三百メートルという岸壁に挑戦し、十七日かけて登頂に成功した。凍傷で得たハンディキャップを前提として次の山に挑む。そこが次の出発点になる。それはつまりハンディキャップから自由だということだ。
かつてぼくは植村直己を論じた文章に「再び出発する者」という表題を付けた。山野井泰史と妙子もまた再び出発する者である。

二〇〇八年九月　札幌

（作家）

この作品は平成十七年九月新潮社より刊行された。

凍《とう》

新潮文庫　さ－7－17

平成二十年十一月一日発行
令和六年十月五日十八刷

著者　沢《さわ》木《き》耕《こう》太《た》郎《ろう》

発行者　佐藤隆信

発行所　株式会社新潮社

郵便番号　一六二―八七一一
東京都新宿区矢来町七一
電話 編集部(〇三)三二六六―五四四〇
　　 読者係(〇三)三二六六―五一一一
https://www.shinchosha.co.jp

価格はカバーに表示してあります。

印刷・大日本印刷株式会社　製本・加藤製本株式会社

ISBN978-4-10-123517-2 C0195